Séduite par Jonathan Kinley

ELLIE DARKINS

Séduite par Jonathan Kinley

Traduction française de
ANNE DAUTUN

AZUR

HARLEQUIN

Collection : Azur

Titre original :
REUNION WITH THE BROODING MILLIONAIRE

HARPERCOLLINS FRANCE
83-85, boulevard Vincent-Auriol, 75646 PARIS CEDEX 13
Service Lectrices — Tél. : 01 45 82 47 47 - www.harlequin.fr
ISBN 978-2-2804-9894-4 — ISSN 0993-4448

Composé et édité par HarperCollins France.
Imprimé en décembre 2023 par CPI Black Print (Barcelone)
en utilisant 100% d'électricité renouvelable.
Dépôt légal : janvier 2024.

FSC www.fsc.org MIXTE Papier issu de sources responsables FSC® C159065

Pour limiter l'empreinte environnementale de ses livres, HarperCollins France s'engage à n'utiliser que du papier fabriqué à partir de bois provenant de forêts gérées durablement et de manière responsable.

1

— Que fais-tu ici ? demanda Jonathan, le cœur chahuté, alors qu'il reconnaissait celle qui venait d'entrer chez lui.

Il n'était sans doute pas le seul à percevoir la tension de sa voix, qui se brisait légèrement. Mais comment aurait-il pu la maîtriser en se voyant soudain confronté à la femme qui occupait ses pensées et qu'il n'avait pourtant pas vue depuis sept ans ?

Rowan le dévisagea, apparemment tout aussi secouée que lui. Il l'avait à peine entrevue pendant toutes ces années – un simple échange de regards aurait déclenché un flot d'émotions qu'il avait choisi de ne pas affronter, par crainte de ce que cela lui aurait révélé sur lui-même.

Quelques minutes plus tôt, Liv, sa sœur, était arrivée dans la maison – un petit manoir des Cotswolds qu'il avait hérité de ses grands-parents voici quelques années et qu'il s'apprêtait à vendre –, sans le moindre mot d'explication sur la présence avec elle de sa meilleure amie. Elle avait grimpé l'escalier, le laissant dans le vestibule avec Rowan, les abandonnant tous deux à ce face-à-face.

— Livia m'a invitée, répondit Rowan d'une voix mal assurée. J'ignorais que tu serais là, sinon je ne serais pas venue. Je suis désolée. Je crois pouvoir attraper le dernier train pour Londres, si je me dépêche.

Jonathan ne pouvait pas détacher les yeux de Rowan,

qui continuait à le fixer d'un air choqué. Il fut distrait par le rappel en flash-back de leur dernière rencontre, où il... Non, pas ça ! Il se força à ne pas penser à cette nuit-là. C'était la seule chose qui l'avait retenu de commettre une bêtise. Il n'allait pas revenir là-dessus à présent.

Il consulta sa montre.

— Non, tu as déjà manqué le train, dit-il avec un soupir.

Rowan leva les yeux sur lui, enfin.

— Est-il vraiment si affreux que je sois là ?

Il soupira de nouveau, car c'était... affreux sans l'être. C'était à la fois une torture et une chose merveilleuse. Cependant, il ne pouvait rien en dire à Rowan. Il ne pouvait même pas s'autoriser à le penser. Il devait chasser ses pensées avant qu'elles ne l'entraînent dans une direction qu'il ne pouvait pas suivre.

— Le toit fuit, lâcha-t-il – et Rowan écarquilla les yeux. Aucune des pièces du deuxième étage n'est habitable. J'ai libéré une chambre au premier pour Liv, et une pour Caleb, mais il n'y en a pas d'autre habitable.

— Je dois partager celle de Liv, dit-elle.

Il hocha la tête.

— Oui. Oui, bien sûr.

Pourquoi diable avait-il fallu qu'il aborde la question du *couchage* ? Jamais, au grand jamais, il ne devait s'autoriser à associer Rowan à l'idée d'un lit ! Il en deviendrait fou !

Livia lança un appel du haut de l'escalier, Rowan lui cria qu'elle en avait juste pour une minute.

— Alors, Jonathan ? dit-elle ensuite, avec une froideur remarquable.

Il en vint à espérer qu'elle avait oublié ce qui s'était passé entre eux et qu'il pouvait peut-être faire semblant de l'avoir oublié aussi.

— Ça fait si longtemps ! laissa-t-il échapper.

Pourquoi diable avait-il lâché ça ? Alors qu'il aurait pu

tourner les talons, se retirer dans la bibliothèque et éviter Rowan jusqu'à son départ. La dernière chose à faire était d'évoquer leur dernière entrevue.

— Sept ans, répondit-elle en haussant les sourcils – signe qu'il n'était pas en veine et qu'elle se remémorait parfaitement ce qu'il avait dit alors. J'ai un marathon ce week-end et Liv va me soutenir...

Elle changeait de sujet, heureusement ! Il devait lui être reconnaissant de sa clémence, car, par sa seule présence, elle avait d'une certaine façon annihilé tous les mécanismes de défense qu'il avait peaufinés au fil des ans.

— Elle m'a promis que j'aurais droit à quelques jours de repos ici, avant. Si j'avais su que c'était une maison familiale...

— Oui. Bien sûr, c'en est une. Caleb est là aussi. Je leur ai demandé de venir voir s'ils voulaient garder quelque chose avant la venue de l'agent immobilier la semaine prochaine. Je... euh...

Il hésita, ne sachant trop pourquoi il lui donnait ces explications, ni pourquoi elle s'attardait à l'écouter.

— J'ai pas mal de travail, ajouta-t-il, horrifié de paraître si guindé.

Comme s'il était le professeur de Rowan, et non un homme d'à peine quelques années de plus qui s'était autrefois considéré comme son ami. Et qui... Bref.

— Loin de moi l'idée de t'en détourner, répliqua Rowan – et il ne l'avait sans doute pas volé.

Il avait conscience de paraître moralisateur, mais avec Rowan plus qu'avec quiconque il ne pouvait se permettre de baisser sa garde. Il aurait été si facile de l'aimer ! S'il n'en avait pas été aussi conscient, peut-être aurait-il pu s'autoriser à... plus de sympathie pour elle ? À apprécier qu'elle fasse partie de sa vie, d'une façon plutôt marginale. Mais ce serait si dangereux ! Il savait qu'en la côtoyant il en venait à la désirer et à...

Or il ne pouvait pas se permettre d'aimer Rowan. Ni toute autre femme.

Il aimait sa famille, tout d'abord. Il aimait son job – dirigeant de l'entreprise que ses grands-parents et ses parents lui avaient léguée. Les responsabilités qui en découlaient dévoraient presque toute son énergie. Il n'y avait, en fait, aucune place dans sa vie pour aimer quelqu'un. Ni pour quoi que ce soit d'autre.

Quand il s'agissait de Rowan, il avait conscience de devoir être prudent. Car il ne s'était pas protégé aussi bien qu'il l'aurait fallu du temps où ils étaient amis, ce qui l'avait précisément conduit là où il lui était impossible d'aller.

Savoir qu'il n'aurait jamais ce qu'il voulait, était-ce se condamner à un parcours solitaire ? Bien sûr. Certains jours, il s'était senti si seul qu'il avait à peine pu le supporter. Mais ce n'était qu'un faible prix à payer. Car l'autre option revenait à faire du mal à ceux qu'il aimait. Il n'arrivait tout simplement pas à entrevoir une existence où le temps et l'engagement qu'il voudrait investir dans une liaison aimante, engagée, lui seraient offerts. Il avait donc conclu que cela relevait de l'impossible. Il avait gardé ses distances avec Rowan et tâché de l'oublier.

Toute sa vie d'adulte avait consisté à prendre une décision mûrement pesée après l'autre, en équilibrant ses responsabilités, en accordant son attention là où elle était le plus nécessaire. Il avait protégé sa famille et leurs affaires dès l'instant où, dix ans plus tôt, ses parents avaient décidé qu'ils mèneraient une existence plus heureuse dans un pays d'Amérique du Sud plutôt que d'affronter les conséquences de leurs montages financiers peu orthodoxes et de l'énorme facture que le fisc avait déposée à leur porte.

Oui, ils étaient partis, et l'avaient laissé se dépêtrer tout seul pour tirer leur entreprise familiale, Kinley, maison prestigieuse de la mode anglaise depuis plus d'un siècle, hors du gouffre financier et juridique qu'ils avaient créé. Sans parler du bien-être de sa fratrie, alors à l'université et en pensionnat. Il avait maintenu l'entreprise à flot, tout juste. Et son frère et sa sœur ? Ils s'en étaient à peu près tirés aussi. Pas d'insoutenable tragédie – pour le moment. Mais rien qu'il puisse envisager avec un sentiment d'accomplissement.

Selon toute apparence, il avait échoué, lamentablement, à protéger son cœur. Il lui avait été impossible d'oublier Rowan, et cela, avant même qu'elle franchisse son seuil. Puis, comme en un claquement de doigts, toutes ses années d'effort avaient été balayées.

— Je te reverrai, j'imagine, dit Rowan, qui se retourna et grimpa l'escalier sans un regard en arrière.

Jonathan la suivit des yeux en espérant qu'elle ne se retournerait pas, ne le surprendrait pas. Il n'aurait pas dû la regarder. Il n'en avait pas le droit, et il ne pouvait pourtant pas s'en empêcher.

Livia allait lui payer ça !

2

Pourquoi fallait-il que Jonathan soit à nouveau dans le vestibule ? se demanda Rowan en descendant au rez-de-chaussée, plus tard ce soir-là.

— Liv se douche, alors je vais faire une balade avant le dîner, lança-t-elle, se gardant bien de l'inviter afin qu'il sache qu'elle ne recherchait pas sa compagnie.

C'était la dernière chose dont elle aurait voulu ! Jamais elle ne l'avouerait, mais elle s'était terrée dans la chambre depuis son arrivée, et sa sensation d'enfermement lui causait des difficultés à respirer. Il lui fallait changer d'air ! Dans cette partie reculée des Cotswolds, elle ne pouvait guère que marcher ou courir. Elle était censée ménager ses jambes cette semaine – un ultramarathon de cent kilomètres le samedi suivant impliquait qu'elle mesure avec soin ses efforts. Mais jamais elle n'aurait pu rester cloîtrée dans le manoir jusqu'à la course.

Elle aurait peut-être dû suivre son instinct, réserver une place sur le premier train pour Londres du lendemain. Elle pouvait revenir ensuite par ses propres moyens, la veille de la course, et loger chez l'habitant.

Elle se rendit dans la remise pour dénicher les bottes qui s'y trouvaient selon Liv, et essaya de ne pas prêter attention au bruit des pas de Jonathan, qui la suivait. Elle sentait sa présence de façon intense, épidermique, et le rouge lui monta aux joues. Le pire était qu'il ait encore un tel effet sur elle. Que, sept ans après leur ultime rencontre, elle ait l'impression de sentir ses lèvres sur sa peau. Qu'elle éprouve encore exactement ce qu'elle avait ressenti à son égard sans rien lui en dissimuler – il ne l'aurait pas repoussée avec plus de rudesse s'il avait délibérément voulu lui briser le cœur.

— Rowan, puis-je te dire un mot ? demanda-t-il d'une voix contenue.

— Surtout pas, murmura-t-elle en regardant par-dessus son épaule pour s'assurer que Liv et Caleb n'allaient pas les surprendre.

La seule chose qui aurait pu aggraver le rejet qu'il lui avait infligé était que cela se sache, et que, vis-à-vis d'elle-même et des autres, elle ne puisse plus se comporter comme si ça n'avait jamais eu lieu.

— C'est de l'histoire ancienne, ajouta-t-elle, espérant au moins lui faire croire que tel était son sentiment.

Elle n'avait pas besoin de remuer ce souvenir, de raviver la plaie plus qu'elle ne l'avait déjà fait. C'était très bien comme ça.

Il y avait eu un temps où elle aurait taquiné Jonathan sur son attitude guindée et aurait essayé d'alléger l'atmosphère entre Livia et lui. Où un simple sourire de cet homme lui aurait comblé le cœur des jours durant. Elle avait toujours cru qu'elle savait lire en lui, le voir d'une façon différente de celle de sa famille. Quand il s'était retrouvé placé dans le rôle de parent de Liv, sa meilleure amie avait semblé voir en lui une figure d'autorité qui avait réveillé son ancienne rébellion adolescente. Hors des relations familiales complexes, la relation de Rowan avec Jonathan avait été plus simple. Elle avait toujours réussi à le mettre de bonne humeur, même lorsque la pression de ses lourdes responsabilités lui avait donné l'air sombre, avait semblé l'accabler quand il était assis à son bureau, dans la maison familiale londonienne.

Elle avait considéré, au début, que c'était un acte de bonté d'essayer de l'égayer un peu alors que Liv lui menait toujours la vie dure. Mais elle avait attaché de plus en plus de prix à chaque sourire de récompense, s'était mise au défi de lui arracher un rire. Et après y être parvenue, elle ne pouvait plus se raconter qu'elle ne le faisait pas aussi pour son propre plaisir. Qu'elle n'éprouvait pas une bouffée de satisfaction à l'idée qu'elle parvenait à le toucher alors que tout autre qu'elle avait droit à un regard noir rien qu'en apparaissant sur son seuil. Livia se plaignait constamment qu'il se comporte en ours mal léché avec elle.

Rowan avait cru qu'il y avait de l'amitié entre eux. Que leurs petits échanges près de la bouilloire, ou depuis le seuil de son bureau lorsque Liv s'apprêtait à lancer un film ou prenait une douche, faisaient partie des conversations les plus sincères, les plus authentiques qu'elle eût jamais eues. Elle s'était surprise à les guetter avec impatience, à attendre les soirs où Livia préférerait regarder un film à la maison plutôt que de l'entraîner dans un café ou un club. Elle n'avait jamais parlé à son amie de ces entretiens avec son frère, cependant. Livia se serait moquée d'elle. À ses yeux, Jonathan était tout juste bon à être tourné en ridicule. Alors que pour Rowan, il était si séduisant !

Il était grand, souple, avec des cheveux d'un blond roux, une barbe toujours aussi nette que ses chemises impeccablement repassées. Son monde s'était écroulé, il s'était retrouvé responsable de sa fratrie et des affaires familiales. Et au lieu d'avaler des cocktails et d'embrasser rageusement des inconnues dans des night-clubs – les mécanismes de défense élus par Livia en des temps de détresse –, Jonathan avait démontré une capacité de contrôle exceptionnelle sur son entreprise, sa famille et son apparence. Livia ne l'en avait pas précisément remercié. Quand ils étaient plus jeunes, Rowan avait dû se mordre la langue pour dissimuler ses véritables sentiments envers lui.

Elle n'avait donc jamais parlé à sa meilleure amie de la nuit où elle avait décidé de s'abandonner au désir qu'il lui inspirait.

Jonathan et elle s'étaient retrouvés seuls, un soir, tandis que Liz était coincée par un train en retard sur le chemin du retour à la maison alors qu'elles avaient prévu une sortie ciné-pizza. Au lieu de ça, Rowan avait donc fini par partager une pizza et une bouteille de vin avec Jonathan. Mais ils n'étaient pas allés voir le film. Ils avaient bavardé sur le canapé. Pendant des heures. La nuit était tombée tandis qu'ils discutaient, et ils s'étaient rapprochés l'un de l'autre de plus en plus, finissant par se blottir ensemble sous une couverture lorsque le froid les avait saisis. Avec le recul, elle était sûre de ne pas l'avoir fait exprès, mais, à un moment donné, ses pieds s'étaient retrouvés sur les genoux de Jonathan. Son bras viril, abandonné sur le haut du canapé, s'était mis à jouer avec ses cheveux... Une heure plus tard, ce bras lui entourait les épaules, et elle ne savait pas très bien qui, d'elle ou de lui, s'était penché le premier, mais voici que leurs lèvres s'effleuraient, doucement d'abord, puis avec une intensité inédite pour elle.

Leurs mains s'étaient égarées, la bouche de Jonathan avait exploré la ligne de sa mâchoire, le creux de son cou. Sans trop savoir comment, elle s'était vue allongée, Jonathan entre ses cuisses, les jambes repliées sur ses reins virils pour l'attirer tout contre elle.

Elle n'avait pas eu les idées assez claires pour savoir où cela les mènerait, elle avait seulement su qu'elle ne voulait pas s'arrêter. C'était là tout ce qu'elle avait désiré, attendu. Jonathan était ce qu'elle voulait, avait-elle réalisé tandis qu'elle enfonçait une main dans sa chevelure, glissant l'autre sous sa chemise.

Mais alors, il s'était écarté d'elle, le souffle court, et tandis qu'elle s'était attendue à voir sur son visage le reflet de son propre désir, elle n'avait vu qu'une expression affolée.

Il s'était excusé, avait rajusté sa tenue et lui avait tourné le dos tandis qu'elle se redressait sur le canapé, se demandant ce qui avait mal tourné, quelle faute *elle* avait commise pour qu'une telle expression se peigne sur ses traits.

— Désolé, je n'aurais pas dû..., avait-il balbutié.

Puis il avait regardé la bouteille de vin qu'ils avaient partagée, en pâlissant.

— Tu as bu. Tu ne sais pas ce que tu fais. Oh ! mon Dieu, tu n'es encore qu'une gamine ! Je suis navré, Rowan.

Elle n'avait pas attendu d'entendre ce qu'il regrettait précisément. Elle avait rabattu son T-shirt, réuni ses cheveux en queue-de-cheval et avait quitté la pièce avant que les larmes se mettent à couler. Des années s'étaient écoulées depuis cette nuit humiliante, et elle s'était retranchée dans un faux sentiment de sécurité, convaincue que son chemin ne croiserait jamais plus celui de Jonathan.

Elle s'était dit qu'il ne se souvenait probablement pas de l'incident. Ne se souvenait même pas *d'elle*, sans doute. Mais dès qu'elle l'avait vu dans le vestibule, elle avait réalisé l'étendue de son erreur. Non seulement il s'en souvenait, mais il était toujours aussi mal à l'aise à la pensée de la faute qu'elle avait commise. Jamais elle ne s'était sentie aussi mortifiée qu'à l'instant où il lui avait dit qu'elle ne savait pas ce qu'elle faisait. Dès que Jonathan l'avait embrassée, elle s'était rendu compte qu'elle avait attendu, espéré ce baiser, qu'elle n'avait même pas osé se l'avouer parce qu'elle n'avait jamais cru que c'était du domaine du possible. Et lorsque cela avait eu lieu, dès que la raison de Jonathan avait rattrapé sa libido, il avait mis ça sur le compte d'un excès de boisson et l'avait tout bonnement chassée.

Elle pensait en avoir fini avec l'humiliation cuisante et la haine de soi, mais non, son esprit était plein des mots qu'elle n'avait cessé d'entendre en classe : qu'elle était bizarre, que personne ne pourrait s'intéresser vraiment à elle. Qu'aucun garçon ne trouverait sexy une fille plus grande que lui. Ces mots qui avaient continué à résonner longtemps après cet « incident ».

Elle avait cru que la thérapie qu'elle avait suivie à grands frais au cours des ans avait défait le mal causé par des années de harcèlement scolaire. Cela s'était avéré lamentablement faux, alors qu'elle s'empourprait et que ses mains tremblaient tandis que Jonathan la considérait avec pitié.

Elle avait à peine vingt et un ans alors, elle sortait tout juste de l'université. Aujourd'hui, elle était plus âgée et plus avisée. Elle pouvait regarder Jonathan sans rien éprouver, sinon peut-être de la sympathie pour la jeune fille qu'elle avait été, avec ses complexes physiques et son manque d'assurance, ses larmes versées en secret à cause des persécutions subies sans discontinuer au lycée.

Maintenant, elle sentait sa présence virile derrière elle tandis qu'elle trouvait les chaussures de marche de Liv et les mettait, avant de tirer avec énergie sur les lacets.

— Rowan ?

Elle leva les yeux en percevant son intonation un peu grave, et essaya de ne pas se laisser amollir à la vue de son air inquiet.

— J'ignorais que tu serais là cette semaine, dit-elle.

Il lui paraissait plus important que tout de lui faire savoir qu'elle n'avait pas cherché à s'incruster. Qu'elle n'avait pas choisi de passer une semaine dans la même maison que lui. Si elle avait eu à décider, elle ne l'aurait jamais revu !

— Le départ de ma course de ce week-end a lieu à deux ou trois kilomètres d'ici, et du coup, Liv m'a demandé si j'aimerais passer quelques jours au manoir... Si j'avais su, je ne serais jamais venue.

— Tu n'as pas à m'éviter, répondit-il avec une froideur qui la fit frémir intérieurement.

Car d'une certaine façon, elle préférait l'évitement à l'indifférence : l'indifférence de Jonathan, pour lequel elle avait eu autrefois des sentiments si *forts*, lui était intolérable.

— Je n'ai pas dit que je t'évitais, lui répliqua-t-elle – de façon puérile, car il devait être évident pour lui qu'elle avait cherché à le fuir, bien sûr, et pour une raison patente.

Jonathan se pinça l'arête du nez.

— Soit. On ne s'évite pas. Et on ne fait pas d'effort pour se voir. Nous ne sommes que deux personnes qui ont une existence séparée dans l'orbite de Livia.

— C'est ça. Le constat me paraît juste, confirma-t-elle.

Elle se risqua à couler un regard vers lui, mais le détourna aussitôt en réalisant qu'il l'observait.

— Honnêtement, Jonathan, il n'y a pas de souci entre nous, mentit-elle avec un soupir résigné. Tout va bien. Si tu désirais parler de ce que je pense, ce n'est pas nécessaire. Je n'y ai pas pensé pendant des années, avant ce soir. Je veux seulement prendre un peu l'air et me dégourdir les jambes.

Il parut soulagé, et elle tenta de ne pas être trop blessée par son évident désir de maintenir ce qui leur était arrivé dans un passé révolu.

— Je prendrai probablement le train pour rentrer, demain matin, alors tu n'as pas à t'inquiéter de ma présence. Nous avons choisi des chemins séparés, il y a sept ans, et nous ne nous reverrons peut-être plus jamais après ce soir.

3

Une heure durant, Rowan avait arpenté le domaine du manoir en essayant de chasser de son esprit le visage de Jonathan. Elle avait dépassé ça, bon sang ! Elle avait consacré tant de temps et d'argent à essayer de s'ôter cet homme-là de la tête ! Et tenté tant de sorties avec d'autres hommes pour trouver celui qui le lui ferait oublier !

Mais rien n'avait marché. Avec le temps, elle avait moins pensé à lui, certes. Il était arrivé qu'elle rencontre quelqu'un d'amusant, séduisant et gentil, et que le premier rendez-vous en amène un deuxième, puis un troisième. Cependant, quand elle avait été prête à aller plus loin, le visage de Jonathan s'était présenté à sa mémoire, et d'une façon ou d'une autre, nul n'avait pu se mesurer à celui qui lui avait brisé le cœur.

C'était pourquoi elle était encore vierge – la seule jeune femme de tout Londres à être dans ce cas, sans doute ! –, n'aspirant qu'à aller de l'avant sans jamais y parvenir. Et voici qu'elle était coincée avec lui dans un manoir de campagne ! Pendant qu'elle marchait dans les jardins, une idée avait commencé à prendre corps, une idée dont elle n'arrivait pas tout à fait à se convaincre qu'elle était vraiment calamiteuse. Pendant toutes ces années, elle s'était cramponnée à ce qui s'était produit cette nuit-là, à la manière dont Jonathan l'avait repoussée, acceptant que ce rejet renforce tout ce qu'elle avait cru ou entendu de pire en ce qui la concernait. Tenter d'oublier l'épisode, d'oublier Jonathan, de faire comme s'il n'existait pas... cela n'avait pas marché. Alors peut-être devait-elle tenter autre chose pour dépasser ça.

Et si elle pouvait avoir une seconde chance ? Une chance de procéder comme elle l'entendait, cette fois : embrasser Jonathan, mener les choses à leur terme sans avoir honte. Peut-être alors pourrait-elle tourner la page et aller de l'avant. Cela valait sans doute la peine d'essayer – après tout, rien d'autre n'avait marché, et elle ne pouvait pas faire une fixation sur lui indéfiniment.

Après avoir fini d'explorer les jardins, elle était remontée dans la chambre qu'elle partageait avec Liv, l'esprit tout agité de sa nouvelle idée et... la faim au ventre. À point nommé, Caleb avait frappé à leur porte pour demander si elles voulaient qu'il leur commande une pizza.

Rowan avait toujours eu un faible pour Caleb. Il était encore en internat quand ses parents avaient mis les voiles, et elle ne l'avait jamais fréquenté autant que Livia et Jonathan. Aujourd'hui adulte, il était encore plus enrobé de mystère, à ses yeux. Elle n'avait jamais très bien su quel était son métier, si ce n'est qu'il avait trait à des choses super calées en informatique et qui se rapportaient sans doute à de la crypto-monnaie. Et depuis son arrivée, elle l'avait entendu s'exprimer sur Zoom en trois langues différentes au moins.

Liv et Rowan choisirent leurs pizzas habituelles, puis, une série de bips d'alerte retentissant dans sa chambre, Caleb regarda derrière lui.

— Quelqu'un peut descendre demander à Jonathan s'il veut quelque chose pendant que je réponds à mes messages ?

Quand il regarda Liv, elle eut à l'égard de Rowan un regard implorant qui ne pouvait signifier qu'une seule chose : « Tu veux bien t'en charger ? S'il te plaît ! » Liv et

Jonathan avaient une relation tendue depuis qu'il avait été amené à reprendre le rôle parental. Ils se parlaient à peine à présent, sauf si Jonathan insistait, et Rowan n'avait aucune envie de les voir entamer une dispute. Il valait sans doute mieux pour tout le monde qu'ils se tiennent à l'écart l'un de l'autre cette semaine.

Par ailleurs, elle tenait là la parfaite excuse pour aller lui parler – et déterminer si son ridicule projet était un tant soit peu réalisable. Il ne rimait à rien de songer à renouer avec Jonathan s'il n'était pas du tout intéressé. Elle n'allait pas se lancer dans cette aventure sans être certaine qu'il ne dirait pas non. Or elle n'en aurait jamais le cœur net si elle se terrait constamment dans la chambre.

— Bon, je vais lui demander, dit-elle d'un ton qui se voulait désinvolte.

Il lui fallait savoir si son idée avait la moindre chance d'aboutir.

Elle descendit au rez-de-chaussée et se dirigea vers la bibliothèque, sûre que c'était là qu'elle le trouverait. Jonathan était toujours dans la pièce qui contenait le plus grand nombre de livres. Ici, au manoir, c'était la bibliothèque, avec ses rayonnages du sol au plafond, son échelle coulissante et sa porte-fenêtre, devant laquelle elle l'imaginait planté, contemplant les jardins d'un air morose.

En chaussettes, elle ne faisait pratiquement aucun bruit en traversant les lieux, pas même sur les antiques dalles éraflées du vestibule. Elle réalisa le caractère très furtif de ses mouvements quand elle atteignit la porte de la bibliothèque et trouva Jonathan à son immense bureau, la tête calée au creux d'une main, les sourcils froncés.

Son regard était concentré sur l'écran d'ordinateur. Elle s'autorisa à le contempler un instant, consciente que c'était imprudent et complaisant. D'une seconde à l'autre, il lèverait les yeux, ou bien Liv surgirait derrière elle, et elle devrait s'expliquer. Mais il y avait si longtemps qu'elle ne s'était pas permis de le regarder ! Au début de leur rencontre, elle avait été trop timide. Elle détournait le regard, les joues en feu chaque fois qu'il se trouvait dans la même pièce qu'elle. Cependant, à mesure que leur amitié s'était développée, elle était devenue plus hardie, affrontant son regard quand ils se parlaient. Mais si elle le regardait alors en égale, cette assurance avait été pulvérisée voici des années, et maintenant, elle en était réduite à grappiller ce qu'elle pouvait. L'espionner depuis le seuil lorsqu'il travaillait, par exemple...

Elle s'éclaircit la gorge, rompant le silence pour ne pas donner à supposer qu'elle était là depuis un moment.

L'espace d'un bref instant, alors qu'il levait les yeux, elle crut qu'il allait lui sourire.

— Oui ? fit-il froidement, anéantissant toutes ses illusions.

Elle faillit perdre tout courage et s'enfuir au premier étage. Mais elle avait un but et n'allait pas s'en laisser détourner par sa rudesse. Maintenant que l'idée lui était venue, embrasser de nouveau Jonathan lui semblait le seul moyen de laisser derrière elle la désastreuse soirée d'autrefois. Elle avait besoin de ça. Elle allait se délivrer de lui, et ensuite, elle mènerait sa vie sans plus jamais penser à lui.

— Caleb commande des pizzas, dit-elle d'une voix qui, espéra-t-elle, ne la trahirait en rien. Tu veux quelque chose ?

— Il aurait pu me poser la question lui-même, observa Jonathan.

Ne supportait-il donc même pas de lui adresser la parole pour une commande de pizza ? pensa-t-elle, le cœur en déroute. Elle garda un visage impassible, comme elle avait dû apprendre à le faire en classe, afin qu'il ne voie pas à quel point elle en était affectée.

— Il m'en a chargée, observa-t-elle avec calme.

Elle ne consentirait pas à se sentir blessée parce qu'il

la repoussait. Elle ne le laisserait pas faire. Elle savait que Jonathan édifiait des barrières quand il était stressé – ce qu'il était en permanence. Or, ces barrières s'étaient déjà abattues pour elle auparavant.

Rowan avait quelque mal à croire qu'elle s'infligeait encore une telle épreuve, mais si elle reculait, que lui resterait-il à espérer ? Allait-elle passer sa vie à lui comparer tous les hommes qu'elle rencontrerait et à n'être jamais vraiment satisfaite ?

— Je n'avais pas l'intention de faire une pause repas, dit-il.

Elle vit qu'il était impatient de se remettre à sa tâche devant l'ordinateur, quelle qu'elle fût. Il avait pourtant besoin de faire une pause, mais pour l'en empêcher, rien de mieux que de le lui faire observer.

— Je ne t'ai rien demandé de tel, dit-elle laconiquement.

Il eut un soupir, se passa la main sur le front.

— Très bien. Je peux m'arrêter une demi-heure. Commande la même chose que pour toi.

Il leva les yeux sur elle, les pommettes légèrement empourprées. Elle se demanda quelle pensée l'avait traversé, et le sourire qu'elle eut tout en consultant le message reçu sur son mobile était involontaire, et tout à fait malvenu.

— Le repas sera là dans une heure, lui annonça-t-elle avant de prendre le chemin de la cuisine.

Elle trouva le garde-manger et le porte-bouteilles, se servit un verre de vin rouge puis s'attabla, prenant le temps d'envoyer quelques réponses par courriel tandis qu'elle sirotait le vin et attendait la pizza.

Elle y était toujours lorsque la sonnette d'entrée retentit. Elle s'élança dans le vestibule, les yeux rivés sur son mobile, et se heurta à Jonathan qui sortait de la bibliothèque.

— Houlà, qu'est-ce que... ?

— J'allais chercher l...

Elle s'écarta de lui, lissa sa tenue, refusant d'être gênée

parce que ses seins venaient de rencontrer accidentellement son torse. Elle était adulte. Elle avait un vrai métier. Elle était comptable, bon sang ! Elle avait choisi ce qu'elle voulait et elle l'aurait. Voilà ce qu'elle devait se répéter chaque jour au point d'y croire – ou alors, jusqu'au moment où Jonathan lui donnerait raison. Le plus facile, sans doute, après sept ans de thérapie.

Quand la sonnette retentit à nouveau, elle s'aperçut qu'elle n'avait pas bougé, et Jonathan non plus. Il avait placé une main sur son bras pour la stabiliser sans doute, même s'ils avaient presque la même taille et qu'elle n'était pas encline à perdre l'équilibre. Mais le poids et la chaleur de sa main virile sur son bras diffusaient des ondes de chaleur dans tout son corps. Elle avait oublié l'effet qu'il avait sur elle quand elle était l'objet de son attention ; quand il la regardait dans les yeux et qu'elle avait la sensation que, quoi qu'il puisse se passer sur la planète, cela n'avait en cet instant aucune importance. Quand leurs regards se rencontraient, c'était comme s'ils avaient accès à une dimension où ils étaient les seuls à exister, et où le monde réel ne pouvait pas les atteindre. C'était ce qui lui avait valu tant de soucis auparavant, et elle ne savait pas si elle devait se réjouir que ce royaume mystérieux existât toujours ou en être terrifiée.

Les joues en feu, elle attendit que Jonathan s'écarte. Mais il n'en fit rien. Ressentait-il lui aussi la même chose ? se demanda-t-elle. Se rappelait-il les sensations agréables d'autrefois quand ils se regardaient ainsi ? Quand tout le reste s'effaçait, et qu'il n'y avait plus qu'eux ?

— C'était la sonnette de la porte d'entrée ? lança Liv du haut de l'escalier, où elle venait d'apparaître.

Rowan s'écarta de Jonathan en tressaillant et se hâta de gagner la porte d'entrée avant que le livreur se convainque qu'il n'y avait personne et disparaisse avec leur repas. Avant que Jonathan ait le loisir de deviner ce qu'elle pensait et ressentait.

— Oui, c'est le livreur ! lança-t-elle à son tour, d'une voix légèrement tremblante.

4

Rowan n'était plus une enfant. Jonathan ne savait pas pourquoi il en était surpris, puisqu'elle avait le même âge que Liv, dont il n'oubliait jamais l'anniversaire. Leurs parents étant absents et leurs grands-parents ayant disparu, c'était aussi une de ses responsabilités.

D'une certaine façon, le changement qui s'était opéré en Rowan le prenait au dépourvu. Dès leur rencontre, elle avait été la jeune femme de sa connaissance qui avait la plus haute taille. Pendant son adolescence, ses longs membres lui avaient donné une allure un peu gauche, et elle avait semblé chercher à comprimer son corps pour le faire paraître aussi petit que possible. Cependant, cela s'était dissipé quand ils étaient devenus amis.

Avait-elle remarqué de quelle façon il avait commencé à la regarder, à s'attarder sur sa chevelure, sur ses longues jambes, sur le sourire qu'elle avait quand ils discutaient et qu'elle était tout à fait détendue ?

Jusqu'au jour où tout était allé de travers. Il avait honte de se remémorer aujourd'hui à quel point il avait failli perdre le contrôle, honte de penser à tout le mal qu'il aurait pu causer à Rowan et à lui-même s'il ne s'était pas ressaisi et n'y avait pas mis le holà.

Ils avaient passé toute la soirée ensemble, ce jour-là. Il ne se souvenait plus de quoi ils avaient parlé. Il ne se rappelait même pas où était alors Liv. Il avait été tout simplement si content de voir Rowan seule, pour une fois ! Ils avaient passé des heures ensemble, à rire, la plupart du temps. Et pour la première fois depuis le départ de ses parents, il s'était senti véritablement détendu. Il avait pu arrêter de se tourmenter au sujet de l'entreprise, et de Liv et de Caleb, et de ce qu'il allait bien pouvoir faire au sujet du gouffre financier.

La liberté qu'il avait ressentie l'espace de quelques heures avait dû lui monter à la tête. Cela lui avait procuré une véritable ivresse. Leur rapprochement croissant à mesure que la soirée avançait avait semblé la chose la plus naturelle du monde. Il en était allé de même quand une mèche des cheveux de Rowan avait glissé sur sa main posée sur le dossier du canapé ; quand, en baissant les yeux, il s'était aperçu que le bras dont il lui entourait les épaules l'avait attirée plus près pour qu'il puisse lui effleurer la bouche avec la sienne.

Le premier contact de ses lèvres avait été pareil à la rencontre d'une flamme avec une traînée de poudre. Il en avait été entièrement consumé. Il avait agi par pur instinct, et comme il ne se l'était pas permis depuis des années. Qui sait jusqu'où cela serait allé s'il n'avait pas entrevu du coin de l'œil la bouteille de vin vide, alors qu'il se déplaçait pour pousser Rowan plus profondément au creux des coussins !

La prise de conscience avait été rude : il était en train de commettre une erreur colossale ! Car Rowan méritait beaucoup plus que ce qu'il pouvait lui donner. Elle méritait bien mieux que cette folie alors qu'elle était éméchée, et dans l'ignorance de la situation réelle. Car il savait, lui, et sans aucun doute, qu'il n'y avait aucune place dans sa vie pour une liaison. Pas pour le genre de liaison qu'il voulait avec Rowan. Une relation où il pourrait l'aimer, la chérir et la protéger. Chaque instant de sa vie se passait à s'angoisser pour ceux qu'il aimait ; pour l'entreprise qu'il devait maintenir à flot. Il ne pouvait pas accorder de l'amour à une personne sans que quelque autre chose – quelque autre être humain, en souffre.

Rowan méritait quelqu'un qui pourrait prendre soin d'elle. Et non quelqu'un qui profiterait d'elle après avoir vidé une bouteille de vin et n'aurait pas de temps à lui consacrer le lendemain.

Comme, imbécile qu'il était, il ne manquait jamais une occasion d'aggraver les choses, il avait dit qu'elle ne savait pas ce qu'elle faisait, qu'elle était très jeune, et depuis ce jour-là, elle avait disparu de sa vie. Il avait cru ne jamais la revoir.

Elle était si différente, aujourd'hui, de la jeune fille qu'elle avait été. Et il lui était plus difficile que jamais d'ignorer ce qu'il éprouvait pour elle.

Elle avait changé de maintien : épaules redressées, dos bien droit, mains posées sur les hanches avec assurance. Elle occupait l'espace, sans s'en excuser, et l'observait d'un air impassible. Il peinait à reconnaître celle qu'il avait considérée, autrefois, comme une de ses plus proches amies. Elle était indéniablement belle. Il l'avait toujours pensé, en toute objectivité. Mais à présent elle avait carrément quelque chose de *fascinant*. Comment allait-il pouvoir rester assis face à elle et manger une pizza sans lui parler, sans s'expliquer ? Sans commettre une énorme stupidité comme… tomber amoureux ?

Il passa la main sur son visage, s'appuya au chambranle de la bibliothèque, là où Rowan s'était trouvée un instant plus tôt. Il regarda Liv et Rowan, qui bavardaient tout en portant les pizzas dans la cuisine. Il ne se souvenait pas d'avoir parlé un jour à quelqu'un avec l'aisance qu'il percevait dans leur amitié. Non, faux. Il se rappelait très bien la dernière fois qu'il avait eu une telle conversation. Avec Rowan. Puis il avait tout gâché.

Il la regarda venir s'asseoir à table face à lui. Elle était belle, toute en muscles façonnés par l'effort. Elle bougeait avec décision, comme consciente de chaque fibre de ses membres, en posant les pieds avec netteté au fil de la marche avant de les croiser et les ramener sous sa chaise une fois assise. Il avait envie de capter son attention.

Les boîtes de pizza circulèrent de main en main tandis que le trio bavardait, et Jonathan voyait bien qu'il aurait dû prendre part à la conversation, mais il ne savait que dire pour ne pas aggraver les choses.

Il n'aurait pas dû penser à Rowan, mais à son travail. Il s'était dit qu'il n'avait pas le temps de faire une pause repas et voici qu'il était là, loin de son bureau, uniquement parce qu'elle était présente ! Alors qu'il ignorait comment il paierait ses employés le mois prochain, il perdait son temps à manger une pizza, tout ça parce qu'il ne supportait pas de ne pas voir Rowan alors qu'il la savait toute proche.

Il ne pouvait pas s'autoriser ce genre de distraction. Ses parents, puis ses grands-parents lui avaient confié la responsabilité de l'entreprise et de la famille. Et il ne pouvait pas les mettre à nouveau en danger. C'était pour cela qu'il avait été obligé de repousser Rowan, la fameuse nuit.

Il avait mis à contribution son énergie mentale des jours durant pour trouver le moyen de payer les salaires du personnel et les fournisseurs avec un budget inférieur à la somme nécessaire. Il devait rester concentré à cent pour cent.

C'était pour ça qu'il entretenait des relations brèves, décontractées, et avec des femmes dans le même état d'esprit, pas plus intéressées par un engagement véritable. Il n'aurait jamais pu en aller de même avec Rowan. L'une de ses règles capitales, dans sa vie sentimentale, était de pouvoir rompre sans faire souffrir personne chaque fois que les affaires ou la famille exigeaient plus d'engagement de sa part. D'ailleurs, avant que quoi que ce soit ait pu s'engager, il avait su qu'une liaison avec Rowan n'aurait jamais pris fin ainsi. Elle n'était tout simplement pas de celles qu'il aurait pu quitter.

Il leva les yeux vers elle alors qu'elle écoutait avec intérêt Caleb parler de son travail, et il ne put détacher d'elle le regard alors qu'elle se léchait les doigts, tachés par la pizza. Il ne réalisa pas que Liv tentait d'attirer son attention, jusqu'au moment où elle agita une main devant son visage.

— Tu étais dans la lune, dit-elle alors qu'il la regardait en haussant les sourcils.

— Désolé. Je pensais au boulot, mentit-il, en espérant que personne, à table, n'avait deviné ses véritables pensées. Il n'avait en effet nul besoin que Liv s'aperçoive qu'il craquait pour sa meilleure amie. Hé, minute ! Était-ce bien la situation ? Il se figea, la part de pizza à mi-chemin de sa bouche. Il s'était raconté pendant des années que son *amitié* avec Rowan lui manquait. Or, il avait une conscience aiguë d'avoir craqué pour elle. Quelque peu affolé, il lança un coup d'œil vers Rowan et eut un pincement au cœur alors qu'elle riait, se débattant avec un long filament de mozzarella fondue. Ce qu'il ressentait quand il la regardait, était-ce... de l'amour ? Il essaya de cerner la question avec logique. Il avait été surpris de voir Rowan ici, mais indéniablement content qu'elle soit là une fois passé le choc initial. Il avait eu une secousse intérieure quand il avait réalisé que leur conversation lui échappait, et réalisé en quels termes il avait pensé à elle un instant plus tôt en examinant ses relations sentimentales. Il se sentit soudain tout glacé. Car il semblait évident qu'il était attiré par Rowan. Il ne comprenait pas pourquoi il avait mis tant de temps à en prendre conscience. On ne continuait pas à penser à une personne pendant des années pour la seule raison qu'elle était l'amie de votre sœur ou que vous l'aviez embrassée une fois ! Rowan lui était chère. Elle l'avait toujours été.

Il devait gérer ça.

Ben voyons ! Comme si c'était si simple ! Il *fallait* pourtant que ce soit simple. Maintenant qu'il avait identifié la véritable nature de ses sentiments, il ferait bien de se préparer à les gérer. Il garderait ses distances avec Rowan, enterrerait profondément son... intérêt pour elle et tiendrait le coup pendant une semaine.

À en juger par son expression alors qu'elle levait les yeux sur lui à cet instant, elle n'était pas particulièrement enchantée d'être en sa compagnie. Il n'avait qu'à garder ses distances.

— J'aimerais approfondir ma petite exploration de tout à l'heure, demain, dit-elle, s'efforçant de l'attirer dans la conversation. Je voudrais voir le labyrinthe, s'il est toujours accessible. Que comptes-tu faire de ta journée ?

— J'ai besoin de bosser, dit-il par réflexe, conscient qu'il serait bon pour sa tranquillité d'esprit de passer le moins de temps possible avec elle.

Il lui avait adressé la parole pendant tout juste dix minutes, aujourd'hui, et déjà, il s'interrompait dans son travail pour déjeuner et se perdait dans ses pensées en songeant à elle !

— Le temps libre dont je peux éventuellement disposer doit être consacré au tri des papiers de grand-mère avant qu'on remette les clés à l'agent immobilier. Je comptais demander à Liv de s'en charger, mais je suppose que je devrai assumer ça, maintenant. Il se pourrait qu'il s'y trouve des documents destinés aux archives. Je ne voudrais pas jeter quelque chose d'important.

— Ne vends pas la maison, alors ! lança Liv qui, de l'autre côté de la table, le regardait en plissant les yeux.

Il tenta de dissimuler son irritation. Liv lui en voulait depuis qu'il lui avait appris qu'il vendait le manoir. Elle ne se doutait pas que ça lui brisait le cœur, mais il n'avait pas les fonds nécessaires pour empêcher la dégradation des lieux. Et il n'avait aucune intention de priver des gens de leur salaire pour pouvoir conserver ce refuge campagnard. Il se réjouissait seulement que sa fratrie ait hérité des propriétés de leurs grands-parents séparément. Liv avait eu pour legs une maison à Londres, et Caleb une villa au bord du lac de Côme. Ainsi, il pouvait pour sa part vendre son bien sans qu'ils aient à savoir que la situation était désespérée. Il n'avait aucun désir de faire peser sur Liv ce genre d'information. Mais ses observations narquoises étaient difficiles à avaler.

Jonathan serra les dents.

— C'est ma maison, et je la vends. S'il s'y trouve quelque chose que tu aies envie de garder, tu le peux. Mais tu ne me feras pas changer d'avis.

— Arrêtez, vous deux ! coupa Rowan, attirant leur attention. Liv, je ne crois pas que tu m'aies invitée ici pour que je me retrouve au milieu d'une dispute de famille, alors changeons de sujet.

Même Caleb leva les yeux vers elle, avec un large sourire surpris.

— Bien envoyé, Rowan !

Elle haussa les épaules. Jonathan, étonné, était conscient de continuer à la regarder. Jamais, au grand jamais, il ne l'avait entendue élever la voix, et il avait un peu honte d'en être la cause, pour une chamaillerie avec sa jeune sœur, en plus.

Elle n'aurait pas dû leur parler vertement, mais cela avait été plus fort qu'elle. Ils étaient tous si... désinvoltes les uns envers les autres. Si elle avait eu une fratrie, elle aurait peut-être connu une enfance plus facile. Mais elle avait été la fille unique de parents discrets et ne s'était pas fait d'amis en classe. Elle n'aurait peut-être pas été une cible aussi facile pour les petites brutes, si elle avait eu une sœur scolarisée avec elle ; elle aurait pu riposter si elle avait su qu'il y aurait quelqu'un pour la défendre. Elle avait parlé de son problème à ses parents, aux enseignants, mais ils avaient balayé ça comme des « histoires de gamins » et elle n'avait pas voulu en faire un drame.

Sa haute taille avait fait d'elle une cible facile – elle mesurait un mètre quatre-vingts à quinze ans – et sa solitude l'avait rendue vulnérable. Quand elle était entrée à l'université, toujours seule, terrifiée à l'idée que son expérience de lycéenne puisse se répéter, c'était par pure chance qu'elle s'était retrouvée en colocation avec Liv, son double, en quête de personnes à aimer en l'absence de ses parents récemment partis en Amérique du Sud. Elles avaient fait toutes les deux leurs études à l'école de commerce – comptabilité pour Rowan, marketing pour Liv – et cela avait été sa première véritable amitié. Peu à peu, cela l'avait transformée. C'était Liv qui l'avait amenée à son premier cours de yoga, où elle avait découvert pour la première fois de quelles prouesses son corps était capable. Et une amie du yoga l'avait initiée à la course, où elle avait découvert ce que c'était de lancer un défi à son propre corps, et de le relever avec succès.

Un travail de longue haleine. Une première demi-heure de course – chose qui lui avait autrefois semblé impossible – lui avait prouvé qu'elle ne pouvait pas préjuger de ses capacités. Au cours de ces dernières années, elle avait repoussé de plus en plus ses limites, au point qu'elle avait réussi à boucler un marathon et s'était dit : « Si je continuais ? » C'était dans les courses d'endurance qu'elle avait trouvé à tranquilliser son esprit et à faire taire les voix critiques qui ressemblaient beaucoup trop à celles de ses persécuteurs d'enfance.

Hélas, elle n'avait pas eu autant de ressort lors de sa dernière entrevue avec Jonathan, où il l'avait rejetée et abandonnée au sentiment d'être, comme il le considérait visiblement, une stupide gamine.

Ce n'était pas là la jeune fille dont il se souvenait, pensa à nouveau Jonathan : mal à l'aise dans son corps, le maintien gauche, et la voix presque inaudible.

Rowan avait aujourd'hui une assurance et une fermeté qui n'avaient pas été présentes auparavant, et il aimait ça.

Il ne le pensait pas de façon consciente. C'était juste un sentiment intérieur profond qui le poussait à vouloir que leur fréquentation se prolonge. Il était prêt à ce qu'elle s'en prenne encore à lui pour des chamailleries avec sa sœur, si c'était tout ce qu'elle avait à offrir, du moment que cela se prolongeait. Sauf...

Sauf que la raison lui revint, et il réalisa son erreur. Il ne pouvait pas avoir plus que cela. Il ne pouvait même pas *désirer* avoir plus que cela. Il n'y avait pas de place pour ça dans sa vie. S'il se lançait dans une relation avec Rowan, qu'est-ce qui allait en pâtir ? Serait-ce l'entreprise ? Sa famille ? Toutes deux ne tenaient que par un fil. L'entreprise parce qu'il ne cessait de la renflouer avec ses économies. Sa famille parce qu'elle ignorait l'étendue des dégâts.

Il avait dû en assumer la responsabilité alors qu'il était à peine adulte, et il s'était efforcé depuis d'y faire face de son mieux. C'était devenu la part la plus importante de sa vie, et même ainsi, ce n'était jamais suffisant.

5

— Quoi encore, bon sang ? marmonna Jonathan, les grands coups frappés à la porte d'entrée l'arrachant aux données financières du mois en cours où il était plongé depuis des plombes.

Liv et Rowan étaient parties au pub des heures plus tôt – Rowan envisageait encore de reprendre le train pour Londres ce matin-là et Liv avait tenté de la convaincre de rester. Il était dans son bureau depuis cet instant, redistribuant les sommes dans sa feuille de calcul dans l'espoir que l'argent se multiplierait comme par magie. Il jeta un coup d'œil sur l'horloge dans le coin de l'écran – 23 h 30 – et supposa que Liv et Rowan rentraient du pub. Mais pourquoi diable Liv ne se servait-elle pas de sa clé pour ouvrir ?

Au fracas d'un autre coup contre le battant, il repoussa son siège et traversa le vestibule pour gagner la porte d'entrée. Il l'ouvrit tout grand, et Liv et Rowan faillirent s'écrouler sur le seuil.

— Qu'est-ce qu'il y a, bon sang ? demanda-t-il, glissant instinctivement l'épaule sous le bras de Liv, soutenant son poids, tandis que Rowan luttait pour en faire autant de l'autre côté. Que s'est-il passé ?

Il avait cru qu'elle avait trop bu, mais elle avait les traits crispés et tendus.

— Je me suis foulé la cheville, expliqua Liv avant de laisser échapper un cri de douleur.

— Je crois que c'est une fracture, dit Rowan, prenant une pause pour recouvrer son souffle. Il va falloir soigner ça.

— Et *toi*, ça va ? demanda Jonathan à Rowan, en captant son regard.

Elle grimaçait aussi, et il savait qu'une blessure serait catastrophique pour elle, avec une course en vue.

— Oui, dit-elle. C'est juste que je l'ai pratiquement portée pendant près d'un kilomètre et demi.

— Je la tiens maintenant, dit Jonathan, enlaçant Liv et soutenant la totalité de son poids pour que Rowan puisse souffler.

Elle avait les yeux marqués, et ne semblait pas en meilleur état que sa sœur. Il la surveilla du coin de l'œil, pour être sûr qu'elle allait bien.

— Comment est-ce arrivé ? demanda-t-il en allongeant Liv sur un banc, de l'autre côté du vestibule, et en cherchant du regard ses clés de contact.

Il se tourna vers Rowan pour la réponse car Liv s'était couvert le visage à deux mains.

— Elle s'est pris le pied dans un terrier de renard sur le chemin du retour, dit Rowan. Je n'ai pas pu bien l'examiner dans l'obscurité, mais ça a l'air très enflé et elle ne peut pas du tout poser le pied par terre.

— Tu aurais dû me téléphoner, jeta-t-il, plus rudement qu'il ne l'aurait voulu.

Il s'en voulut aussitôt en voyant l'air blessé de Rowan. C'était pour cela qu'il voulait qu'elle s'en aille. Parce qu'il lui était impossible de côtoyer ceux qu'il aimait sans leur faire du mal. Il voulait protéger sa famille, et pourtant, en le faisant, il devenait si tendu et stressé que les choses tournaient à l'agressivité et l'accusation, alors qu'il ne pensait qu'à faire du bien.

Il avait prouvé, la dernière fois qu'il avait vu Rowan, qu'il ne pouvait pas laisser transparaître ses sentiments pour elle sans lui faire du mal. Il ne voulait surtout pas remettre ça.

— Pas de réseau, dit-elle en s'asseyant près de Liv et en lui écartant les mains du visage. Est-ce que ça va, là-dessous ?

Liv répondit par une crispation des traits et se couvrit de nouveau le visage de ses mains.

— Désolé, je ne voulais pas être agressif, dit Jonathan, qui saisit le bras de Rowan pour capter son attention, puis la relâcha en prenant conscience de son geste. J'ai mes clés de contact, continua-t-il en redressant Liv. Peux-tu te charger d'ouvrir, si je la porte ?

— Rowan, tu viens avec nous ? demanda Liv par-dessus son épaule.

Et il ne pouvait guère s'opposer à sa sœur alors qu'elle souffrait tant.

Rowan expliqua à Caleb, apparu au sommet de l'escalier, ce qui se passait, puis ouvrit la marche jusqu'à la voiture.

Une fois que Liv eut passé une radio, confirmant une fracture de la cheville, qu'on l'eut plâtrée et autorisée à sortir, dehors, il faisait presque jour. Après avoir roulé jusqu'au manoir sur les routes sinueuses, installé sa sœur au lit, Jonathan s'était retrouvé avec Rowan dans la cuisine, aux petites heures du matin, dans une maison silencieuse – exception faite de la vibration lointaine des conduites d'eau alors qu'il remplissait la bouilloire.

— Du thé ? proposa Jonathan, qui désirait en réalité un whisky, mais ne se risquerait pas à perdre si peu que ce soit le contrôle en présence de Rowan.

Il l'avait déjà blessée une fois, et pouvait la blesser encore. La nuit avait été longue et sans guère de sommeil, alors il n'allait certes pas mettre à l'épreuve sa maîtrise de soi. Il se demanda ce qu'elle avait pensé cette nuit-là, lorsqu'il avait été si près d'oublier toutes les raisons pour lesquelles il ne pouvait pas céder à son désir et l'embrasser comme il le faisait dans ses rêves, quand il fantasmait dans son sommeil.

— Une camomille, si tu en as, dit en soupirant Rowan, qui se laissa tomber sur le banc en chêne proche de la table qui occupait le centre de la pièce. Je préfère éviter ce qui m'empêchera de dormir.

— Tu es bien sûre que tu n'as rien ? Je regrette que tu n'aies pas laissé le médecin t'examiner, surtout avec ta course qui approche, dit Jonathan.

Il l'observa avec inquiétude tout en plaçant la bouilloire sur le feu, ne détachant d'elle le regard que pour chercher l'infusion qu'elle désirait. Il ne savait pas comment veiller sur elle sans la heurter, alors il se concentra sur la préparation de la tisane, en souhaitant qu'elle puisse y voir le signe qu'elle-même et leur amitié avaient énormément compté pour lui ; y voir aussi son immense regret d'avoir gâché ce qu'ils avaient en lui faisant de la peine, même si le mal qu'il se faisait à lui-même était encore plus grand.

Il plaça un gobelet devant elle et eut une hésitation, avant qu'elle se déplace un peu sur le banc pour lui faire de la place.

— Je vais bien, je suis fatiguée, c'est tout.

— Merci de l'avoir aidée, dit-il. Tu dois être épuisée.

— C'est mon amie, dit Rowan. C'était normal que je l'aide.

Et voilà pour ce qui était de le remettre à sa place ! Lui rappeler que peu importait sa reconnaissance virile, elle n'avait nullement agi pour lui. Cela ne révélait rien de ce qu'elle ressentait pour lui, ou avait ressenti autrefois.

— Ça lui fera horreur de devoir accepter que je m'occupe d'elle, tu sais, observa-t-il.

Ce qui était vrai. Et aussi la parfaite excuse pour obliger Rowan à rester, car, bien qu'elle eût parlé de prendre le premier train pour Londres, il ne pouvait pas imaginer qu'elle parte maintenant, alors que Liv serait immobilisée des jours durant, au minimum.

— Tu as sans doute raison, dit-elle avec un regard abattu qui signifiait forcément qu'elle s'était fait la même réflexion. Plus tu lui diras de se ménager, plus elle voudra te tenir tête.

Rowan eut un sourire et continua :

— Je crois que vous suscitez mutuellement ce qu'il y a de pire en chacun de vous.

Jonathan lâcha un rire bref et attristé à cette évocation de sa relation avec sa sœur, qu'il s'était efforcé d'améliorer pendant si longtemps pour ne parvenir qu'à l'aggraver, au contraire.

— Je n'ai jamais voulu que ce qu'il y a de mieux pour elle, dit-il en essayant de ne pas laisser percer son chagrin.

Rowan le choqua en posant une main sur la sienne.

— Je sais, répondit-elle d'une voix douce. Je sais que Liv n'apprécie pas toujours que tu veilles sur elle, mais je vois que tu le fais parce que tu tiens à elle. Elle a de la chance de t'avoir.

Il eut un léger ricanement. C'était une pensée bienveillante, mais sa sœur ne se considérait pas comme chanceuse, il le savait. Et pourquoi aurait-elle pensé l'être alors qu'elle n'avait plus de parents et se retrouvait avec un frère uniquement capable d'éveiller son hostilité ?

Rowan voyait-elle qu'il l'avait épargnée aussi, quand il l'avait empêchée de répondre à son baiser ? Ou lui en avait-elle voulu d'être trop protecteur, comme Liz ?

Rowan avait dû réaliser à l'instant le geste qu'elle avait accompli, car elle parut regarder sa main comme si elle appartenait à quelqu'un d'autre, avant de la retirer vivement. Il vit qu'elle prenait conscience d'avoir abaissé sa garde et avait besoin de restaurer ses défenses. Il aurait voulu pouvoir faire quelque chose pour qu'elle cesse de raidir les épaules, pour faire disparaître cet air vide soudain peint sur ses traits.

— Rowan, finit-il par dire, je pense que nous devrions discuter comme il faut de notre dernière entrevue. Je crains de t'avoir donné l'impression de...

— Je croyais qu'il y avait une attirance entre nous, coupa-t-elle avec douceur. J'étais jeune, et j'ai peut-être mal interprété les signaux. Je ne crois pas qu'il faille revenir là-dessus.

— Rowan, tu ne te trompais pas, dit-il à voix basse.

Rowan soutint son regard, tout en essayant de comprendre ce qu'il voulait dire. Elle n'avait pas *imaginé*, à l'en croire, qu'il avait de l'attirance pour elle. Alors, pourquoi avait-il... ?

— C'est juste que ce n'était pas...

Cette fois, elle leva une main pour l'empêcher de poursuivre. Elle n'avait pas besoin de savoir ce qui n'allait pas. Le fait qu'elle l'ait embrassé, ou le baiser en soi, ou peut-être elle-même, tout simplement. Il y avait eu bien assez de voix dans sa tête, au fil des ans, pour lui dire ce qui était haïssable chez elle, pour qu'elle n'ait pas envie d'y ajouter celle de Jonathan. Elle avait lutté pour résister à ses pires pensées sur elle-même, pour ne pas réagir aux insultes qu'on lui avait lancées dans son adolescence, et qui lui collaient à la peau comme des sangsues.

Son but était d'essayer de redonner à Jonathan envie de l'embrasser, pas de se remémorer toutes les souffrances qu'on lui avait infligées. Car cela n'allait pas l'aider à surmonter son attirance pour lui, ni l'empêcher de penser à lui. Ou de juger les hommes qu'elle rencontrait à l'aune du désir qu'il lui avait inspiré et du bien-être qu'elle avait ressenti en étant son amie.

La main de Jonathan lui enveloppa le poignet et descendit lentement jusqu'à la tenir prisonnière entre ses doigts. Les mots qu'il avait prononcés l'avaient atteinte en profondeur et de façon douloureuse. Il avait eu de l'attirance pour elle, alors ! Mais il n'avait pas voulu d'elle. Cela n'avait pas suffi. *Elle* ne lui avait pas suffi.

Si elle voulait modifier ce que lui disaient les voix, dépasser ce qui s'était produit cette nuit-là, elle devait s'opposer à ce qu'ils parlent du passé. S'arranger pour qu'ils voient ce qu'il y avait entre eux aujourd'hui, et pour aller de l'avant.

Jonathan émit un soupir qui la rendit nerveuse.

— Je veux seulement... qu'on puisse redevenir comme avant. Quand nous étions amis.

Elle se força à sourire... parce qu'elle pouvait accepter ça, pour le moment. C'était un point de départ. Ils avaient bel et bien été amis, autrefois. Ils avaient été à l'aise ensemble. Et il n'avait pas nié avoir eu de l'attirance pour elle. Elle ne s'était pas trompée.

Si quelque chose avait mal tourné cette nuit-là, ce n'était pas parce qu'il n'avait pas eu de désir. La certitude d'avoir, à vingt et un ans à peine, sans expérience, et en n'ayant jamais eu d'yeux que pour cet homme, su lire dans son regard, d'avoir vu juste sur ce point, rétablit un équilibre au plus profond d'elle-même.

Ce savoir lui donnait un peu foi dans son instinct au sujet de ce que Jonathan pouvait ressentir pour elle aujourd'hui. Son projet de l'embrasser pour pouvoir passer à autre chose semblait un peu plus réalisable.

— J'aimerais bien, dit-elle. Je déteste que ce soit devenu si bizarre, entre nous. Je regrette ce que nous avons vécu jadis.

Elle retira doucement sa main, puis le regarda dans les yeux.

— D'accord, dit-il avec une expression chaleureuse qui lui rappela le temps de leur amitié, et le moment où elle s'était convaincue qu'il voulait aller au-delà. Soyons amis.

Elle se demanda s'il pouvait percevoir toutes les choses qu'elle s'efforçait de taire. Quels qu'aient pu être les errements de cette nuit-là, elle se raccrocha à la fragile certitude que

Jonathan lui avait donnée, par besoin de savoir qu'elle pouvait se fier à son propre jugement. De savoir que lorsqu'elle l'avait surpris à la regarder, cette nuit-là, elle n'avait pas fantasmé le feu du désir qu'elle avait vu dans ses yeux.

Il avait parlé à l'imparfait, tout à l'heure. « Rowan, tu ne te trompais pas. » Cela valait-il encore pour le présent ? La trouvait-il toujours séduisante ?

Elle le regarda qui la contemplait. Son regard viril était maintenant posé sur son visage, mais elle avait vu de quelle façon il en avait enveloppé son corps du haut en bas, en s'attardant, avant de se rendre compte qu'elle avait les yeux sur lui. Elle n'arrivait pas à se défaire de l'idée qu'elle avait eue dans le jardin : et si elle avait l'occasion d'achever ce qu'ils avaient commencé ? Pourrait-elle se défaire de son embarrassante toquade pour lui, cette toquade qui semblait l'empêcher de bâtir quelque chose de significatif avec un autre ?

Ils allaient être amenés à se côtoyer plus que jamais, maintenant que Liv était alitée avec une cheville dans le plâtre. Et elle ne pouvait pas rentrer à Londres le lendemain, comme elle l'avait envisagé en découvrant que Jonathan était au manoir.

— Il est tard, dit-elle en prenant son gobelet de camomille et en se levant, consciente de devoir laisser passer la nuit avant d'entreprendre quelque chose d'irrémédiable. En tout cas, je devrais être au lit.

Jonathan sourit, se leva en même temps qu'elle.

— Donc, je te revois demain ? Enfin, plus tard dans la matinée, je veux dire.

— Oui. Je serai là. Liv aura besoin de moi, dit-elle simplement.

Jonathan laissa échapper un soupir.

— Alors, je te verrai plus tard, lâcha-t-il dans son dos pendant qu'elle quittait la pièce.

6

— Comment va Liv ? demanda Jonathan à Rowan, qui venait d'entrer dans la cuisine après avoir enfin pu prendre quelques heures de sommeil.

Il était assis à la table, son ordinateur portable devant lui, avec l'air de quelqu'un qui n'a pas fermé l'œil. Elle résista au désir de lui retirer son ordinateur et de l'envoyer au lit.

— Elle ne se laisse pas abattre, mais elle doit prendre encore des antidouleurs. Je vais lui préparer de quoi manger pour qu'elle les avale avec. Tu veux quelque chose ?

— Si je me chargeais des bagels et toi du café ? suggéra Jonathan.

Il étira les bras au-dessus de sa tête puis se leva pour saisir le couteau à pain qu'elle venait de prendre. Rowan considéra un instant cette main tendue, savourant ce geste. Puis elle lui remit le couteau, non sans avoir un frisson lorsque ses doigts effleurèrent ses doigts virils. Il leva les yeux et, une fraction de seconde, leurs regards se croisèrent. Était-ce... significatif ? Il avait semblé affecté, en tout cas. Mais il était impossible de savoir si c'était en bien ou en mal. Elle évolua autour de lui avec prudence, tandis qu'ils beurraient des bagels, faisaient mousser du lait et préparaient du café. Pour finir, un plateau lourdement chargé fut prêt pour elle et pour Liv, et Jonathan s'appuya contre le plan de travail.

— Tu es bien sûre de ne pas vouloir que je le monte ? lui demanda-t-il.

Elle savait que Liv aurait levé les yeux au ciel et soupiré, incapable de voir dans son désir d'aider autre chose qu'une envie de la contrôler.

— Non, ça ira, dit-elle avec un sourire mesuré, je le tiens bien.

Jonathan acquiesça, et elle sut qu'il réprimait son envie d'insister, chose qu'il semblait tout à fait capable de faire avec elle, mais qui lui était impossible avec sa sœur.

Elle grimpa l'escalier sans difficulté, perçut, au passage dans le couloir, un cliquetis de touches de clavier venant de la chambre de Caleb, ouvrit d'un coup d'épaule la porte de la chambre qu'elle partageait avec Liv pour être accueillie par les ronflements sonores de son amie. Rowan avait été soulagée de pouvoir échapper à ce bruit en dormant une heure ou deux sur le canapé de la pièce à vivre – seule échappatoire qui lui restait puisque toutes les autres chambres étaient humides à cause de fuites d'eau. Tout de même, il faisait froid dans le salon, avec le feu de cheminée éteint, et l'antique canapé n'était pas vraiment confortable.

Elle déposa le plateau sur une console, prit son gobelet et son assiette et sortit sur la pointe des pieds. Liv avait mal dormi cette nuit, et toute son énergie s'employait à sa guérison. Elle se réveillerait quand elle aurait besoin de ses médicaments – il n'y avait aucune raison de la déranger avant. Rowan gagna le rez-de-chaussée en se demandant si la cuisine serait vide. Mais Jonathan s'y trouvait toujours, appuyant sa longue silhouette mince contre le plan de travail avec une aisance qu'elle n'était pas sûre d'acquérir un jour, en dépit de ses nombreuses séances de yoga. Elle se rappela que pour accepter son corps, elle devait être proactive ; sinon, il ne lui serait que trop facile de retomber dans ses anciennes habitudes.

Jonathan haussa les sourcils, surpris sans doute de la voir revenir aussi vite.

— Elle dort, expliqua-t-elle en s'attablant et en savourant son café. Bruyamment, ajouta-t-elle avec un sourire. Il n'est pas question que je partage son lit la nuit prochaine.

Jonathan manqua s'étrangler avec son bagel.

— Tu comptes toujours partir ? demanda-t-il.

Rowan le fixa en plissant les yeux.

— Je parlais seulement de la chambre. J'ignore si c'est dû aux médicaments, mais elle ronfle comme une cheminée ! Je n'ai pu dormir un peu qu'après avoir émigré dans la pièce à vivre.

— Mais tu ne peux pas passer la nuit dans ce salon, déclara Jonathan d'une voix autoritaire qui la hérissa.

— Pourquoi ? demanda-t-elle, bras croisés, en lui lançant un regard noir.

— Parce que ce n'est sûrement pas confortable, pour commencer. Si encore tu avais la taille de Liz.

Elle le foudroya du regard de plus belle.

— Je ne peux rien changer à ça, figure-toi.

Il parut légèrement surpris par son intonation, et leva les mains en signe d'apaisement.

— Je voulais seulement dire que tu ne peux trouver aucun confort dans cette pièce.

— Je ne veux pas partager la chambre de Liz, et les autres sont occupées. D'ailleurs, ce n'est que pour quelques jours, ajouta-t-elle avec un haussement d'épaules.

— Prends mon lit, dit Jonathan.

Et elle vit qu'il s'était surpris lui-même en lâchant ça. Enfin, il avait d'abord paru surpris, puis avait semblé se rappeler ensuite que, selon sa propre conviction, tout le monde attendait de lui qu'il solutionne les problèmes et refusait d'admettre qu'il n'avait pas à assumer ce genre de responsabilités.

— Tu n'as pas besoin de t'inquiéter pour ça, Jonathan. Pour moi, je veux dire. Puisqu'il n'y a pas assez de lits disponibles, il faut bien que quelqu'un consente à dormir sur le canapé. Cela ne me dérange pas. Je n'occuperai pas ton lit.

— Je peux partager celui de Caleb, répliqua Jonathan, se massant la nuque – et elle se demanda s'il regrettait déjà sa proposition.

Puis elle allongea le bras vers son bagel et, à ce mouvement, une douleur dans le dos lui rappela qu'il avait raison, aussi contrariant que cela fût. Du moment qu'il ne lui proposait pas de partager son lit, elle n'avait aucun motif de refuser la proposition. Elle aurait seulement aimé qu'il comprenne qu'il ne lui incombait pas de régler tous les problèmes. Il avait voulu venir à son secours sans songer à lui un seul instant, et ce n'était pas la première fois qu'elle remarquait chez lui cette tendance. Il ne fallait pas être bien malin pour comprendre qu'il était impossible d'adopter indéfiniment une telle attitude. Tôt ou tard, on devait prendre soin de soi, si on ne voulait pas s'écrouler.

— Je ne suis pas très pour, dit-elle avec douceur. Si tu y réfléchissais un peu ? Si tu changes d'avis, ça ne me contrariera pas.

Mais elle savait que c'était peu probable. Une fois que Jonathan avait décidé qu'on avait besoin de sa protection, on n'y pouvait plus grand-chose.

Il insista, prouvant qu'elle voyait juste.

— Je ne changerai pas d'avis.

— Alors, j'accepte...

Elle pensa à son projet de susciter son désir, et se dit que ce n'était pas précisément ainsi qu'elle avait espéré échouer dans son lit ! Mais si elle voulait y parvenir, cette circonstance pourrait peut-être jouer en sa faveur d'une façon ou d'une autre. La semaine qui s'annonçait était le plus long laps de temps qu'elle passerait avec lui depuis des années. Cependant, tout bien considéré, ce n'était pas si long que ça. Si elle voulait se faire désirer, elle devait s'y mettre sans tarder.

Cela commençait par ne pas quitter une pièce chaque fois qu'il y entrait. Alors, luttant contre l'instinct qui la poussait à se cacher quelque part, elle sirota son café comme si elle était tout à fait à l'aise en sa présence. En amie, ainsi qu'ils l'avaient décidé - ce qui manquait encore de naturel.

— Je dois commencer le tri des papiers dans la bibliothèque, dit Jonathan après avoir bu son thé, en se levant pour rincer sa tasse et la déposer sur l'égouttoir. Il y a des documents remontant à des décennies, accumulés sous forme de feuilles volantes dans des cartons où personne n'a mis le nez depuis des années. J'aimerais m'assurer qu'ils ne contiennent rien qui doive aller à l'archivage avant de tout jeter. Liv devait m'aider, mais...

— Eh bien, permets-moi de le faire à sa place, coupa Rowan, y voyant l'occasion parfaite d'être près de lui pendant un certain temps.

— Rien ne t'y oblige, observa-t-il d'un air rembruni.

— Je n'ai réellement rien d'autre à faire, tu sais. Je suis censée me la couler douce, bavarder avec Liv et me reposer avant la course de samedi. Mais à en juger par ce matin, elle va sûrement dormir beaucoup ces prochains jours. Ce serait bien d'avoir de l'occupation.

Il l'observa avec attention, en plissant les yeux, ce qui révélait sa réticence. Mais il finit par consentir, et elle s'efforça de cacher son contentement.

Ils passèrent donc la matinée ensemble dans la bibliothèque à l'odeur de renfermé, la porte-fenêtre grande ouverte pour laisser entrer le soleil et l'air frais. Les boîtes en carton accumulées étaient un trésor de souvenirs, quittances, croquis de couture, factures remontant aux années trente.

Elle mit de côté tout ce qu'elle trouvait intéressant afin que Jonathan et elle puissent l'examiner ensemble.

— Tu sais que tu n'es pas réellement obligée de faire ça, lui dit Jonathan, de derrière le bureau, après qu'ils eurent œuvré pendant deux bonnes heures.

Il se passa la main dans les cheveux, son attention allant de la pile de papiers posée devant lui à l'ordinateur perché sur une autre pile plus haute, placée sur le côté.

— Je t'ai déjà dit que j'étais contente de m'occuper de ça. Il y a des tas de choses intéressantes là-dedans. C'est comme un puzzle. Les comptables adorent fouiner dans les boîtes de vieilles quittances, tu sais.

Il sourit, et elle y vit une petite victoire.

— On devrait au moins amener Caleb à nous aider, reprit-il.

Elle haussa les épaules, parce qu'elle était heureuse qu'ils soient là tous les deux, entre eux. Ce travail commun avait, en quelque sorte, rétabli une certaine aisance dans leur relation, et elle ne voulait pas mettre en danger les menus progrès accomplis vers un retour à la normale, et vers ce qui pourrait se passer ensuite.

— Caleb a l'air d'être tout à fait content là-haut. Et j'aime bien qu'il y ait quelqu'un près de Liv, au cas où je ne l'entendrais pas quand elle se réveillera.

Jonathan sourit en entendant ça.

— Et on prétend que je suis hyper-protecteur !

Elle le scruta d'un air inquisiteur.

— Veiller sur elle, tu n'en as pas le monopole, lui dit-elle en venant près du bureau, s'y appuyant de la hanche. Tu n'es pas obligé d'être le seul à y avoir droit.

— C'est ma sœur, dit-il, comme si cela expliquait tout.

Rowan réfléchit un instant, essayant de comprendre ce qu'il disait et ce qu'il taisait. Elle avait toujours adoré, chez lui, l'intensité, la profondeur de sa pensée, de ses sentiments.

Jonathan ne savait pas prendre les choses avec légèreté, ce qui était un don, et sans doute un travers douloureux, parfois.

— Je le sais bien, dit-elle. Et tu as dû être plus qu'un frère à un âge où tu étais beaucoup trop jeune pour ce genre de responsabilité. Je ne prétends pas savoir à quel point cela a dû être dur pour toi. Mais je voulais te faire savoir que tu n'es pas le seul à l'aimer. Tout ne retombe pas sur toi, tu comprends.

Il soupira, comme s'il savait où elle allait en venir et préférait ne pas entendre le reste.

— Merci d'avoir dit ça. Ce n'est pas pareil, mais j'apprécie quand même.

Elle le contempla pendant encore un long moment, en se demandant si elle devait le laisser tranquille. Et pourquoi elle tenait tant à lui faire comprendre qu'il n'était pas seul dans cette histoire.

— Bon. Comme tu voudras, finit-elle par lâcher. Mais laisse-moi au moins continuer à t'aider ici.

Il hocha la tête et déporta son ordinateur un peu plus loin sur le côté, avant de repousser sa chaise.

— Tu es sûr que l'entreprise n'explose pas pendant ce temps ? lui demanda-t-elle avec un large sourire.

Il se rembrunit. Elle eut une bouffée d'angoisse. Elle essaya de rire, mais elle sentait qu'elle avait touché un point sensible.

— Ce n'est rien, je te taquinais seulement. Tu mérites de faire une pause. À quand remonte ton dernier jour de congé ?

Elle vit qu'il se fermait, et allongea le bras pour lui toucher doucement l'épaule.

— Je ne te critique pas, souligna-t-elle. Je suis inquiète, c'est tout. Qui s'occupe de toi pendant que tu veilles sur tout le monde ?

— Je n'ai pas besoin qu'on s'occupe de moi.

Il se détourna du bureau et gagna la pile de papiers qu'elle avait triés. En guise d'allusion pas très subtile au fait qu'elle n'avait pas à insister sur ce sujet. La dernière chose dont il avait besoin était d'avoir à s'inquiéter du souci qu'elle pouvait se faire à son sujet.

— Bon, comment as-tu organisé ceux-là ? demanda-t-il, examinant les boîtes qu'elle avait entrepris de trier.

— J'ai procédé par ordre chronologique pour commencer, dit-elle en feuilletant la pile de documents la plus proche d'elle. Je ne comprends d'ailleurs pas pourquoi ces trucs ne sont pas déjà archivés quelque part.

— Parce que depuis que j'ai repris les affaires, je me suis plus soucié de la survie de Kinley que de l'inspection de vieux papiers, répondit-il sèchement.

— Hé, je ne te reproche rien ! s'écria-t-elle, surprise par son intonation.

Elle avait cru que les problèmes financiers de Kinley relevaient du passé. Mais à la façon dont Jonathan avait tourné sa phrase, apparemment, ils perduraient. Cela aurait expliqué en grande partie pourquoi il avait l'air de ne pas avoir eu une bonne nuit de sommeil depuis des mois, voire des années.

— Jonathan, est-ce que tout va bien ? Pour l'entreprise, je veux dire.

— Bien sûr ! Tout est OK, dit-il avant de laisser échapper un soupir bien plus parlant que ces mots laconiques.

— Parce que je peux donner un coup de main, tu sais. Je suis comptable, je te rappelle. Si tu le veux, tu n'as qu'à demander.

— Tu ne peux pas en parler à Liv, lâcha-t-il, comme malgré lui.

Rowan l'examina avec attention. Il y avait donc quelque chose ! Elle pensa à son amitié avec Liv, où les secrets n'avaient jamais eu de place... à l'exception de la fois où elle avait failli coucher avec son frère des années auparavant.

Par comparaison, il ne semblait pas si terrible de l'aider dans ses finances.

— Je ne lui dirai rien si tu y tiens, le rassura-t-elle. Explique-moi seulement ce qui se passe. S'il te plaît. Je tiens à apporter mon aide si je peux.

Jonathan se frotta le visage à deux mains et, pendant un instant, elle crut même qu'il n'allait pas relever les yeux. Pour finir, cependant, il croisa son regard, et elle eut le cœur serré devant la tristesse de son expression.

— Il n'y a pas d'argent, Rowan. Pas du tout. Voilà ce qui se passe. Il n'y en a jamais eu. J'ai essayé de maintenir l'entreprise à flot en camouflant les failles, en utilisant mes économies personnelles et mon héritage pour boucher les trous. Mais maintenant, il n'en reste rien et les comptes sont toujours dans le rouge. Je suis face à la facture d'un fournisseur qui aurait déjà dû être honorée il y a un mois, sans savoir comment payer ça et les salaires. Mais comment une maison de couture peut-elle survivre sans tissus ou sans équipe d'atelier ? Est-ce le genre de problème dont tu pourrais m'aider à me tirer ?

Rowan prit une grande inspiration et se força à ne pas laisser transparaître qu'elle était de son avis : la situation semblait épouvantable. Elle y viendrait tout à l'heure.

— Oui… ça fait beaucoup. Jonathan, ne te fâche pas si je te pose la question, mais… pourquoi n'en parle-t-on pas à Liv ? Vous avez tous des parts dans l'entreprise, non ?

Mais il secoua la tête, le regard hanté.

— C'est à moi d'arranger ça, c'est ma responsabilité. Elle ne devrait pas avoir à s'en inquiéter.

Rowan fronça les sourcils, et sentit s'attendrir son cœur. Elle se força à se ressaisir. Il ne s'agissait pas de ses sentiments pour Jonathan. Elle allait, dans un instant, examiner objectivement la situation de Kinley. Mais elle détestait voir Jonathan dans cet état, comme si c'était lui qui avait creusé ce gouffre et n'avait pas le droit de demander qu'on l'aide à en sortir. Il n'était pas responsable de la catastrophe financière où ils se trouvaient ! Ce fardeau lui avait été imposé, avec bien trop d'autres responsabilités, à un âge où il était beaucoup trop jeune pour s'en charger.

Elle aurait volontiers étranglé ses parents, qui lui avaient imposé de telles épreuves.

— Tu n'as pas à assumer ça à toi tout seul, Jonathan. C'est trop pour une seule personne. Et Liv est adulte, tu sais. Elle n'a pas besoin que tu sois son père de substitution. Elle pourrait te soutenir si tu la laissais faire.

— Ne me dis pas de quoi ma sœur a besoin, s'il te plaît. C'est mon job de me soucier de tout ça.

Rowan lui prit les mains, car apparemment, seul un contact physique l'amènerait à prêter attention à ce qu'elle disait. Et, pour des raisons qu'elle ferait sans doute mieux de ne pas examiner de près, elle tenait soudain à lui apporter du réconfort.

— Ce n'est ton job que parce que tes parents sont partis en se déchargeant de tout sur toi quand ton frère et ta sœur étaient encore très jeunes. Mais Liv et Cal ont aujourd'hui l'âge que tu avais alors. Il est peut-être temps que tu arrêtes de t'obstiner à porter un si lourd fardeau.

Il y eut plusieurs secondes de silence, qui s'étirèrent, et elle pensa qu'elle avait peut-être fait passer le message. Qu'il se rangerait peut-être à son avis. Pourtant, son visage se ferma, et elle sut qu'elle avait échoué.

— Je ne discuterai pas de ça, Rowan. Si tu m'aides, j'ai besoin d'être sûr que tu ne diras rien à Livia.

Rowan soupira, car elle détestait la dissimulation. Cependant, elle voyait, à l'air grave de Jonathan, que c'était une affaire sérieuse. Et elle n'aurait jamais hésité à l'aider s'il le lui avait demandé, quelles que soient les conditions posées.

— Très bien, je t'aiderai, et je ne dirai rien à Liv. Si tu me promets de réfléchir à partager ça avec ton frère et ta sœur. À leur permettre de te donner un coup de main, pour changer.

— Soit, j'y réfléchirai.

Elle soupçonna qu'il n'avait aucune intention de changer d'avis. Elle pouvait tout de même travailler sur cette base.

— Mettons de côté quelques cartons pour libérer de l'espace sur le bureau, dit-elle. Liv pourra peut-être passer en revue le contenu des boîtes pour archivage plus tard. Ensuite, nous examinerons ensemble ton bilan financier, pour voir où nous en sommes.

Une fois le bureau dégagé, elle plaça devant eux l'ordinateur portable de Jonathan et lui demanda de lui montrer les comptes annuels des plus récentes années. Puis elle chercha quoi dire pour ne pas paraître catastrophiste.

— Tu as raison. Ce n'est pas… fameux.

Elle entendit un borborygme étranglé, près d'elle, et quand elle se tourna vers Jonathan, elle n'en crut pas ses yeux : il riait !

Elle lui décocha un coup de coude ludique.

— Ne te moque pas de moi !

— Je ne me moque pas de toi, dit-il en riant si fort qu'il en avait pratiquement les larmes aux yeux. C'est juste que… je suis épuisé, et que ton diagnostic m'amuse au lieu de m'inquiéter.

— As-tu fait la moindre pause, aujourd'hui ? lui lança-t-elle d'un air sévère. As-tu seulement mis les pieds dehors ?

— Je vais bien, assura-t-il – mais il fuyait son regard.

Non, il n'allait pas bien. C'était clair pour quiconque se souciait un peu de lui prêter attention. Il avait des cernes, et des plis se formaient aux coins de ses yeux, dus aux longues heures passées devant l'écran.

— Allons, ça suffit comme ça, fit-elle. Je programme une intervention. Tu as besoin d'air frais et de vitamine D.

— J'ai trop de boulot, dit-il, allongeant la main vers le portable avant qu'elle le retienne par le poignet.

— Tu t'efforces surtout d'être ennuyeux comme la pluie.

Cela lui arracha un sourire, qu'il tenta de cacher.

— Sors donc toi-même ! bougonna-t-il.

Elle dissimula un sourire à son tour.

— C'est moi qui suis censée t'aider, tu en es conscient ?

Il soupira, se pinça l'arête du nez, et elle faillit s'esclaffer de soulagement en voyant ce geste si caractéristique.

— Hautement conscient, dit-il avec une note de désespoir.

— Non, sérieusement, cet endroit est si joli ! Je sais qu'il y a de beaux circuits de promenade dans le secteur. Montre-les-moi. Montre-moi le labyrinthe.

— Pff ! Tu n'as pas besoin d'un chaperon.

Elle sentit sa mine s'allonger et s'efforça de la masquer avec le sourire qui lui était coutumier.

— En tout cas, tu ne pourras pas te plaindre que je n'ai pas essayé de t'arracher à ta vie sédentaire, dit-elle avec une légèreté étudiée, en rangeant quelques papiers sur le bureau pour cacher son embarras.

Jonathan soupira.

— Bon, je viens, dit-il.

Elle ne sut pas trop si elle devait jeter les bras autour de son cou ou partir en maugréant, vu sa mine peinée à l'idée de passer une heure sans travailler, et en sa compagnie. Elle opta pour le moyen terme, le plus sûr, et se contenta de hocher la tête.

— Super. Tu veux bien aller voir de ma part comment va Liv ? Elle sera déplaisante parce qu'elle est bougon quand elle a mal, mais elle n'en pensera pas un mot.

La chaleur du soleil était si agréable sur ses épaules, quand Rowan sortit au-dehors, qu'elle effectua quelques étirements qui lui réchauffèrent le corps et la mirent en jambes. Elle se retourna en entendant les pas de Jonathan sur l'allée gravillonnée qui contournait le manoir.

— De quel côté veux-tu aller ? s'enquit-il.

Elle ne savait pas si c'était un effet des rayons du soleil qui se reflétaient sur les pierres couleur miel de la demeure, mais il semblait déjà moins pâle. Il avait le teint doré, et non plus la mine blafarde qui l'avait inquiétée dans la bibliothèque.

— Peut-on explorer le labyrinthe ? demanda-t-elle.

Le chemin traversait les jardins bien ordonnés de derrière la maison, un petit bosquet envahi de végétation, puis une clairière où le soleil lui fit regretter de ne pas avoir mis ses lunettes de soleil. Elle s'arrêta pour boire une gorgée à la bouteille qu'elle avait mise dans son sac à dos.

— C'est si joli, par ici ! dit-elle tandis que Jonathan s'étirait les bras au-dessus de la tête, sans doute pour dénouer les crispations qui sont inévitables quand on passe seize heures par jour devant un écran.

Elle avait des difficultés à ne pas le regarder, et espérait qu'il portait le même genre de regard sur elle. Il avait dit, sans ambiguïté, qu'il avait eu de l'attirance pour elle. Même s'ils avaient surtout parlé du passé, et non du présent. Mais elle ne voulait réellement plus penser à lui. Pas sans aboutir à rien. Et le seul moyen qu'elle entrevoyait pour passer à autre chose était de mener à son terme ce qu'ils avaient interrompu. Le problème était qu'elle ne savait pas du tout comment y parvenir.

— Tu ne cours pas aujourd'hui ? demanda Jonathan tandis qu'ils approchaient de l'ancienne entrée du labyrinthe, qui s'était embroussaillée jusqu'à hauteur des ifs autrefois bien taillés. Je croyais que tu t'entraînais tous les jours.

— D'habitude, oui. Mais pas dans la semaine qui précède une course.

Rowan écarta les branches pour révéler ce qui restait du chemin d'accès au labyrinthe. L'endroit envahi de végétation faisait un peu peur et, soudain, elle n'était plus très sûre que c'était une bonne idée.

— Je ferai probablement une petite course dans la semaine. Je veux me réserver pour samedi, dit-elle d'une voix égale pour ne pas trahir son hésitation.

— Plus partante pour l'exploration ? demanda Jonathan, tout près d'elle.

Beaucoup plus près qu'elle ne l'avait cru. Son souffle effleurait les fins cheveux sur sa nuque, et elle se retourna vivement, découvrant son visage viril à quelques centimètres du sien.

— Si.

Elle ne voulait pas lui laisser croire qu'elle prenait peur facilement. Elle était adulte. Chose qu'il avait échoué à reconnaître auparavant, et qu'elle entendait bien lui montrer maintenant. De toute façon, elle n'aurait pas su dire en quoi un labyrinthe à l'abandon pouvait jouer un rôle dans une entreprise de séduction – elle n'avait jamais mis les pieds dans un labyrinthe ni jamais séduit quiconque. Mais c'était un endroit pas plus mauvais qu'un autre pour commencer.

De nouveau, elle écarta les branches et se fraya un chemin dans le dédale. L'intérieur était moins envahi de végétation, car les arbres hauts ne laissaient presque pas pénétrer les rayons du soleil. Le passage était tout de même trop étroit pour y marcher en double file, et quand elle s'arrêta soudainement, le torse de Jonathan vint la heurter – il n'aurait pas pu l'éviter.

— Désolé...

Elle se demanda si elle était censée lui dire qu'il n'avait pas à s'excuser. Et qu'elle n'était pas opposée à ce qu'il presse son corps contre le sien. Mais ils n'avaient pas encore fait un premier tour du labyrinthe, et elle ne tenait pas à se retrouver prisonnière ici, si des avances aussi manifestes se soldaient par un rejet. Une fois de plus. Elle attendrait d'être en terrain libre pour exposer son cœur - non, son ego ! - à un rejet.

Elle se rappela soudain la pensée qui l'avait amenée à s'arrêter si brusquement.

— Tu sais rejoindre le centre ? demanda-t-elle.

— Pas d'indice révélateur, répondit Jonathan, et elle sut, sans avoir à se retourner, qu'il souriait.

— C'était justement le but de ma question !

Il rit, et elle y vit une victoire personnelle.

— Si je t'indique le chemin, ce n'est plus drôle.

— Ah ah ! Donc, tu sais.

— Il y a une éternité que je connais cet endroit, j'y suis venu cent fois. Bien sûr que je sais le chemin.

— Et il ne te manquera pas ? demanda-t-elle.

Avant même de percevoir le soupir étranglé de Jonathan, elle sut qu'elle avait lâché la chose à ne pas dire.

— Si, évidemment, dit-il d'une voix basse et enrouée.

Son évidente tristesse lui remua le cœur.

Il continua :

— Il fait partie de moi, en un sens. Mais il n'y a même pas assez d'argent pour empêcher que tout ça s'écroule, encore moins pour transformer les lieux. J'ignore si tu en as conscience, mais en fait, l'argent de la vente de ce manoir m'est nécessaire pour empêcher l'implosion de Kinley.

Il y eut un silence. Rowan retenait son souffle, se maudissait de s'être montrée aussi insensible.

— Je regrette..., dirent-ils en même temps.

Et Rowan se retourna vers lui. Peu importait que Jonathan soit si près d'elle, la seule chose qui comptait était qu'il sache qu'elle n'avait pas voulu le blesser, se moquer de lui, ni lui faire du mal en quoi que ce soit.

— Non, c'est moi qui regrette. Je n'aurais pas dû te parler sur ce ton. Tu n'es pour rien dans tout ça.

Elle suivit son geste du regard alors qu'il retirait quelque chose de ses cheveux.

— Feuille ?

— Toile d'araignée.

Elle laissa échapper un cri si aigu qu'elle porta la main à sa bouche pour l'étouffer.

— Oh ! bon sang, finit-elle par dire entre ses doigts. Je n'ai pas réfléchi du tout.

Jonathan sourit. Il résistait visiblement à l'envie de se moquer d'elle.

— Elle était minuscule. Je n'imaginais pas que tu avais peur des araignées.

— Ah ? Qu'est-ce que tu imaginais à mon sujet alors ?

Ce fut seulement après avoir parlé qu'elle réalisa le caractère potentiellement très suggestif de ces mots. Au lieu de vouloir se reprendre, elle les laissa prendre tout leur sens, là au milieu des arbres ; elle ressentit leur intensité dans l'atmosphère ambiante, soudain consciente de la sensibilité exacerbée de son corps à la présence toute proche de Jonathan, à la facilité avec laquelle ils pourraient se toucher, si seulement l'un ou l'autre franchissait cet ultime pas.

Réellement, elle désirait beaucoup savoir si Jonathan avait fantasmé sur elle. À quoi il pensait. Ce qu'il aurait été tenté de mettre en scène dans la vraie vie. Mais elle réalisait aussi qu'ils se trouvaient dans un dédale sans doute infesté d'araignées et que, même avec la meilleure volonté du monde, elle n'arriverait pas à chasser ça de son esprit.

— On retourne en arrière ou on poursuit notre chemin ? demanda Jonathan.

— On continue !

Détachant son regard du sien, elle se retourna et continua à marcher, prenant d'abord à droite, puis à gauche, chaque fois dans une voie sans issue. Après tant de tours et détours qu'elle ne savait même plus s'ils étaient encore dans le même labyrinthe, voire dans le même comté, elle renonça enfin et posa la question qu'elle n'avait cessé de refouler.

— C'est bon, j'abandonne. Tu veux bien ouvrir la marche jusqu'au centre ?

Jonathan rit, lui adressa un regard quelque peu médusé.

— Je connais le chemin à suivre à partir de l'entrée. Je suis navré de te dire que je n'ai pas la moindre idée de l'endroit où on se trouve ! Pas plus que je ne sais comment gagner le centre à partir d'ici.

Elle regarda autour d'elle, avec la sensation que les branches des arbres se refermaient sur eux.

— On peut peut-être revenir à l'entrée, alors ?

Il leva les mains d'un air d'excuse.

— Je n'ai pas plus de chances de la trouver que de trouver le centre. Nous pouvons essayer de revenir sur nos pas. De refaire les mêmes erreurs à l'envers.

Elle se mit à rire, car si elle était sûre qu'il parlait du labyrinthe, tout bien pesé, ce n'était pas une mauvaise idée en ce qui concernait leur relation. Ils tournèrent et virèrent dans les allées, Rowan sursautant chaque fois qu'une feuille lui effleurait le cou. Enfin, elle vit des rayons de soleil devant elle et poussa un soupir de soulagement.

Mais quand ils atteignirent la trouée entre les arbres, elle hésita.

— Oh ! bon, je m'en doutais un peu..., lâcha Jonathan, derrière elle.

Car ils n'étaient pas de retour à leur point de départ. Ils avaient trouvé le cœur du labyrinthe. Il était inondé d'un soleil si vif que Rowan dut mettre la main en visière devant ses yeux, qui s'étaient accoutumés à la pénombre. Elle sortit du réseau ombreux pour gagner la balancelle au milieu de la clairière. Des roses grimpantes étaient montées à l'assaut de l'arcade qui l'encadrait, couverte de fleurs épanouies, blanches, roses et jaunes.

Ce fut plus fort qu'elle. Elle alla s'y asseoir, se balançant légèrement d'avant en arrière, ses longues jambes effleurant le sol.

— Tu as l'air d'un tableau.

L'intonation de Jonathan la surprit. Elle leva les yeux. Elle ne s'était pas rendu compte qu'il l'avait suivie. Et elle ne lui avait jamais entendu cette voix-là, toujours aussi basse et grave, mais adoucie, intime. Avec le soleil derrière lui, sa silhouette se détachait en contre-jour, élégante et déliée.

— Il reste un peu de place ? demanda-t-il.

Elle se déplaça sans parler, n'osant s'y risquer. Ils se balancèrent en silence pendant un moment en savourant le beau temps. Le visage offert au soleil, Rowan se délectait de la chaleur.

— Merci, finit par dire Jonathan.

— De quoi ? dit-elle, se tournant vers lui.

— De m'aider. D'avoir compris que je t'aie demandé de ne rien dire à Liv. De m'avoir un peu sorti. Je ne sais plus à quand remonte la dernière fois que je suis resté assis à ne rien faire.

Rowan lui sourit, un peu étonnée qu'il s'ouvre à elle.

— De rien. Je suis heureuse de pouvoir donner un coup de main. Je... ça faisait mal de te voir dans cet état, ce matin. Je regrette seulement de ne pas pouvoir faire plus.

Elle retint son souffle, craignant d'en avoir trop dit, d'avoir laissé transparaître un peu trop ce qu'elle continuait à éprouver pour lui. Mais elle avait caché ses sentiments pendant si longtemps ! Et ne s'en était pas du tout délivrée. Si elle voulait que ça change, elle devait modifier les comportements auxquels elle s'était cramponnée. Si elle voulait qu'il fasse un pas vers elle, il fallait qu'elle se rende vulnérable, ne fût-ce qu'un peu.

— Je... Crois-tu réellement que je devrais le dire à Liv ? Et à Caleb ? voulut-il savoir.

Rowan prit une profonde inspiration, consciente de la confiance qu'il plaçait en elle pour lui poser une telle question. Et consciente de risquer qu'il se ferme à nouveau si elle commettait un faux pas.

— Je suppose, commença-t-elle, que... ce n'est pas tant le fait de lui parler qui importe, mais plutôt le fait que tu considères ne pas devoir le faire. Liv est forte, tu sais. Elle a de la résistance.

— Je sais, dit-il - et elle ne manqua pas de percevoir sa fierté quand il parlait de sa sœur. Je ne considère pas qu'elle serait incapable d'encaisser ça. Je ne veux pas qu'elle ait à le faire.

Elle hocha la tête. Elle le comprenait un peu mieux. Mais elle ne pouvait pas se ranger à son avis.

— Je suis sûre que si elle savait ce qui se passe, elle ne voudrait pas non plus que tu aies à gérer ça, encore moins à le gérer tout seul. Elle a autant d'affection pour toi que tu en as pour elle.

Il laissa échapper une sorte de... rire empreint de tristesse.

— Oh ! Jonathan !

Elle lui saisit la main et la serra, car elle voyait qu'il souffrait. C'était plus fort qu'elle.

— J'espère que tu sais qu'elle a de l'affection pour toi.

— Elle me hait, Rowan. Notre relation n'a plus jamais été la même depuis que maman et papa sont partis et que j'ai dû endosser les responsabilités. J'ai accepté ça depuis longtemps.

— Mais rien n'oblige à ce que ça continue, dit avec douceur Rowan. Tu n'es plus responsable d'eux. Ou du moins, pas plus responsable d'eux qu'ils ne le sont de toi. Pourquoi ne partages-tu pas le fardeau ? Pourquoi ne leur dis-tu pas ce qui se passe pour voir s'ils peuvent aider ? Ils pourraient te soutenir, même s'ils ne peuvent rien de concret.

Jonathan ne dit pas non d'emblée, et elle supposa qu'elle

devait s'en tenir là. Elle le connaissait assez pour savoir qu'il aurait besoin de ruminer ça. Jonathan n'avait jamais été du genre à prendre des décisions hâtives.

Ils continuèrent à se balancer pendant quelques instants, et Rowan contempla les fleurs au-dessus de leurs têtes en s'émerveillant de la beauté créée par la nature livrée à elle-même.

— Je crois que ce lieu est magique, dit-elle étourdiment. Il est si beau qu'on le croirait irréel.

— Je crois que tu as raison, approuva Jonathan en se tournant à demi vers elle pour la regarder. Le monde pourrait disparaître pendant que nous sommes là, que nous n'en saurions rien.

Elle s'autorisa à lui adresser un petit sourire teinté d'espoir.

— Ce ne serait pas pour me déplaire, tu sais.

De nouveau, il allongea la main vers ses cheveux et elle se figea.

— Encore une toile d'araignée ?

— Non. Juste... toi, répondit-il en enroulant une mèche autour de son doigt. Je peux ?

— Oui, souffla Rowan, n'osant rien de plus de peur que l'envoûtement de ces lieux enchanteurs se dissipe.

Peut-être pouvaient-ils seulement rester là, se dit-elle.

Puis Jonathan enfouit plus encore les doigts dans ses cheveux, et ses pensées la désertèrent.

Il allait l'embrasser. Elle en était tout à fait sûre. Elle avait déjà vécu un tel moment, et il n'avait aucune raison de croire, aujourd'hui, qu'elle ne savait pas ce qu'elle faisait. Il prenait son temps, il réfléchissait. Trop, elle le voyait. Mais elle pouvait se montrer patiente, lui laisser le temps d'être sûr de ce qu'il voulait.

Il inclina la tête, les yeux fixés sur sa bouche, et elle retint son souffle.

Cependant, comme il se penchait, le portable de Rowan

se mit à bourdonner. Elle faillit laisser échapper un gémissement.

— C'est le tien ? demanda Jonathan, une pointe de frustration dans la voix.

— Mon alarme, répondit-elle, la vraie vie faisant irruption dans leur havre de verdure. Pour les antidouleurs de Liv.

— Je suis sûr que Caleb...

Mais le charme était rompu, et ils le savaient.

— Nous devrions probablement rentrer, dit Rowan, essayant de cacher sa profonde déception.

— C'est juste, oui, bien sûr. Je sais comment sortir d'ici, lâcha-t-il d'une voix distraite.

Elle le suivit hors du labyrinthe et jusqu'à la maison, regardant ses longues jambes gainées d'un jean tout en essayant de voir, du coin de l'œil, s'il la regardait aussi.

Quand ils furent seuls et que leurs yeux se rencontrèrent, l'atmosphère se modifia et elle se surprit à chercher son souffle ; à lutter pour ne pas se laisser aller vers Jonathan, poussée par une impulsion intime à se rapprocher de lui.

— Il faut que j'y aille, lâcha Jonathan en se dirigeant vers la porte.

— Oui. Bien sûr. Je te verrai tout à l'heure, j'imagine.

Elle était placée devant la porte, réalisa-t-elle en voyant qu'il ne sortait pas de la pièce. Elle fit un pas à gauche au moment où il prenait la même direction, et se retrouva face à lui, à le toucher presque. Il posa les mains sur le haut de ses bras pour l'amener à se déplacer sans doute. Mais au lieu de cela, il lui effleura les bras du bout des pouces, éveillant des frissons sur sa peau, et le désir de se presser tout contre lui – ce qu'elle aurait peut-être fait si des pas n'avaient pas retenti sur le carrelage, derrière elle.

Elle fit volte-face à l'instant même où Jonathan lui lâchait les bras, empourprée – ils n'étaient pas précisément l'image de l'innocence. Par chance, Caleb avait les yeux rivés sur son mobile et quand il releva la tête, ils avaient repris contenance.

— Liv est réveillée, leur dit-il avec un large sourire. Je vais préparer des sandwichs pour midi.

— Super. Merci, dit Rowan, échouant à garder une voix tout à fait naturelle. Je vais voir comment elle va.

Ils étaient tous à table, faisant circuler les impressionnants et copieux sandwichs toastés de Caleb, et Rowan tentait désespérément d'éviter le regard de Jonathan et de laisser transparaître ce qui avait failli se produire dans le labyrinthe, lorsque Liv poussa une exclamation en se frappant le front.

— Oh ! mince ! Je viens de penser à ta course ! s'écria-t-elle, surprenant tout le monde. Comment vais-je t'y emmener, sur des béquilles ? Caleb, crois-tu que tu pourrais conduire...

— Je suis vraiment désolé, mais j'ai quelque chose de prévu samedi, je ne peux pas me dégager maintenant, dit Caleb, la bouche pleine de cheddar.

— Il n'y a pas de souci, dit Rowan, posant une main sur celle de Liv. Il y a un dépôt pour les sacs de ravitaillement. Je préparerai mes affaires avant le départ et ils veilleront à ce que mon barda soit là aux postes de ravitaillement et de secours.

— Mais tu auras besoin de moi ! insista Liv. Pour te rappeler de manger, de remplacer les piles de ta torche, de te changer quand tu seras en sueur.

Rowan se mit à rire, devant cette vision qu'elle donnait de leur amitié. Liv n'était pas loin de la vérité.

— Et j'adore t'avoir dans mon équipe, lui dit-elle sincèrement, car Liv avait été présente à toutes ses courses de fond, et elle n'aurait jamais pu les terminer sans elle. Mais tu es blessée, alors cette fois, tu ne seras pas là. Tu me dirais la même chose si la situation était inversée. Reconnais-le.

— Je la remplacerai, proposa soudain Jonathan.

Rowan tourna vivement la tête et le dévisagea, réalisant au même instant que Liv et Caleb faisaient de même. Il parut légèrement mal à l'aise sous leurs regards scrutateurs.

— Inutile d'avoir l'air si étonnés !

— Jonathan, dit avec douceur Rowan, tout en s'efforçant de ne rien trahir, c'est vraiment généreux de ta part, mais c'est une course longue. Je pourrai me réjouir si je la boucle en vingt-quatre heures. Je ne peux pas te demander ça.

— Tu n'as rien demandé, souligna-t-il, la voix brusque, tout à fait dépourvue de la douceur qu'elle avait perçue dans le labyrinthe. J'insiste. Tu as besoin d'une équipe de soutien, et je suis heureux de m'en charger. Alors, je ne crois pas qu'il y ait encore grand-chose à discuter.

Elle en resta bouche bée. Il n'était pas question qu'elle le laisse faire ça. Mais il n'avait pas l'air de vouloir écouter.

— De toute façon, si je ne le fais pas, Liv va vouloir te suivre en sautillant sur ses béquilles. Comme ça, je suis sûr qu'elle reposera sa cheville.

Rowan continua à le dévisager, sûre qu'elle pouvait le faire céder du regard. Mais plus elle le regardait, plus il la fixait en retour, et elle finit par en avoir le rouge aux joues.

— Jonathan, je... je...

— Très bien. Merci. N'en parlons plus, d'accord ?

Elle s'apprêtait à insister, mais la main de Jonathan se posa sur la sienne, et elle fut si secouée qu'elle resta muette.

— As-tu déniché quelque chose d'intéressant dans les boîtes que nous avons montées de la bibliothèque ? demanda Jonathan à Liv, tout en retirant sa main et en se tournant vers sa sœur.

Par chance, Caleb était concentré sur son repas. Mais en regardant Liv, Rowan sut que son amie avait perçu *quelque chose*, même si elle ne savait pas préciser quoi.

— Je n'en suis pas sûre, dit Liv. Peut-être. Tu savais que notre arrière-grand-mère devait lancer une ligne de parfums, avant la guerre ? J'ai trouvé des comptes rendus de réunions qui suggèrent que tout était déjà prêt au lancement : les formules, les flacons, le packaging... Mais la piste s'arrête là dans les documents, je ne connais pas la suite.

— C'est intéressant, glissa Rowan, saisissant au vol le changement de sujet. Et ils n'ont pas repris le projet après la fin de la guerre ?

— Pas que je sache. Jonathan, tu sais quelque chose là-dessus ?

Il secoua la tête.

— Première fois que j'en entends parler. Pour autant que je sache, nous ne nous sommes jamais orientés vers les parfums ou les cosmétiques.

— Eh bien, on devrait peut-être essayer, dit Liv.

— C'est une idée, approuva Rowan d'un air pensif. Cette industrie pèse des milliards. Les marges bénéficiaires sont correctes. Le prestige de votre maison est bien établi. Ce ne serait pas une mauvaise initiative.

Elle jeta un coup d'œil vers Jonathan en se demandant comment il prenait la chose. Elle ne révélait rien qu'il lui eût interdit de révéler. Et elle n'allait pas laisser passer une occasion d'aider Jonathan à échanger avec Liv.

— Je t'ai déjà proposé un job, Liv, observa-t-il. Tu n'as jamais manifesté d'intérêt pour un rôle actif dans l'entreprise familiale. Un tel projet demanderait beaucoup d'investissement, observa-t-il d'une voix neutre. Je ne crois pas que le moment serait bien choisi.

Liv le regarda en plissant les yeux.

— Pourquoi ? Il y a un problème avec nos affaires ?

Jonathan secoua la tête, et Rowan réprima tant bien que mal un soupir.

— Cela paraît risqué, c'est tout.

— En tout cas, dit Rowan, intervenant avant qu'ils en viennent à s'écharper comme d'habitude, c'est une idée.

Vous devriez peut-être y réfléchir tous les deux. Voir s'il n'y a pas d'autres informations dans ces cartons. On peut faire encore un premier tri dans la bibliothèque, cet après-midi, et on te fera monter ce qui paraît pertinent, Liv.

Quand elle se rendit dans la bibliothèque avec Jonathan, après le déjeuner, Rowan ne savait pas trop à quoi s'attendre.

— C'était prometteur, dit-elle en se mettant à trier une pile de papiers, l'œil attentif à tout ce qui pourrait concerner un parfum ou des fragrances.

Mais Jonathan resta si longtemps silencieux qu'elle finit par céder et leva les yeux vers lui.

— Je n'en disconviens pas, dit-il, l'air quelque peu sur la défensive.

— Et cela équivaut chez toi à un accord ? s'enquit-elle, adoucissant la réplique avec un sourire.

— Cela exigerait un investissement important.

Il se renversa sur son siège, se massant les yeux du geste attachant qu'elle connaissait bien.

— Tu l'as déjà mentionné. Mais cela pourrait aussi générer d'importants revenus. Cela vaut sûrement la peine de creuser le sujet.

— Je ne sais pas quand... ni comment... ou...

Il n'acheva pas, le front plissé.

— Alors, remets-t'en à quelqu'un d'autre, suggéra-t-elle avec un haussement d'épaules.

— À Liv ?

— Ça vaut sûrement la peine de lui poser la question, non ?

Jonathan secoua la tête.

— Je ne vois pas comment je pourrais le faire sans lui apprendre les problèmes de Kinley.

— C'est à toi de voir, bien sûr. En tout. Je voudrais seulement que tu comprennes que si tu veux, tu tiens là une option. Liv a du talent. Elle a supervisé en free-lance des lancements de produits pour un tas d'entreprises. Elle est plus que qualifiée.

— Il n'y a pas de doute là-dessus, répliqua Jonathan.

Rowan vint près de lui et résista à l'envie de le toucher, de chercher à lisser ses traits tendus.

— Mais elle ne voudrait travailler avec moi à aucun prix. Je le lui ai déjà demandé quand elle a quitté l'université. Elle a répondu qu'elle refusait d'être contrôlée au travail comme à la maison.

Rowan grimaça en se rappelant l'épisode.

— Comment ai-je gâché les choses à ce point, avec elle ? continua-t-il encore. Je voulais seulement la protéger, et là, c'est à peine si nous pouvons avoir une conversation décente. Je ne vois vraiment pas dans quelle situation elle accepterait de travailler pour moi.

Le cœur serré, Rowan ne put s'empêcher, cette fois, de poser une main sur son épaule.

— Liv ne te déteste pas, dit-elle.

Elle aurait hésité, normalement, à parler à la place de son amie. Elle n'avait pas à se mêler d'une querelle de famille. Mais elle ne pouvait pas laisser souffrir Jonathan, lui laisser croire que sa sœur avait de la haine pour lui alors que les choses étaient beaucoup plus compliquées, et probablement sans véritable relation avec lui.

— Je t'assure que non, insista-t-elle, lui serrant l'épaule.

Il eut une sorte de rire étranglé.

— Ce n'est pas l'impression qu'elle donne.

— Je sais. Mais ce n'est pas vraiment contre toi qu'elle en a.

Rowan n'était pas aveugle aux défauts de son amie, et il y avait longtemps qu'elle était témoin de son animosité et de sa colère. Cependant, elle était assez objective ; elle savait que cela ne signifiait pas que Liv détestait son frère.

— Elle a toujours mérité beaucoup mieux que ce que j'ai pu lui donner.

— Jonathan... Pour autant que je puisse en juger, tu n'as jamais cherché qu'à veiller sur elle.

— Résultat, elle s'est de plus en plus éloignée de moi.

Elle lui adressa un sourire sans joie, regrettant de ne pouvoir faire mieux.

— Ce n'est pas ta faute. J'aimerais que tu sois moins dur avec toi-même et que tu voies ce que je vois.

Il sourit, et ils se rapprochèrent

— Quand on se retrouve chef de famille et chef d'entreprise à tout juste vingt-cinq ans, on ne peut pas s'attendre à ne jamais commettre aucune erreur, expliqua-t-elle avec douceur.

Jonathan fronça les sourcils.

— Ah, mais, justement, là est la question, non ? Quand on a de telles responsabilités, on ne peut pas faire d'erreur. Les conséquences sont trop graves. Maman et papa sont partis, et les grands-parents étaient déjà en maison de santé, ils ne se portaient plus assez bien pour prendre la relève. Si j'avais consacré moins de temps à nos affaires, nous aurions tout perdu. Je n'aurais pas pu payer les études de Cal, ni les frais de maison de santé, ni le logement étudiant de Liv. Ils devaient déjà surmonter le traumatisme du départ de mes parents, je n'allais pas y rajouter une faillite financière ou une cohabitation forcée avec moi. J'étais trop concentré sur le sauvetage de Kinley pour réaliser que je m'y prenais très mal avec Liv.

— Tu as fait ce que tu devais faire, souligna Rowan. Tu as dû lutter sur je ne sais combien de fronts, pour régler des problèmes que tu n'avais pas provoqués. Nul ne peut te reprocher de ne pas être parfait. Pas même toi. Je ne le permettrai pas.

Rowan n'en revenait pas qu'il eût assumé tout cela à lui seul, à un si jeune âge. Elle n'arrivait pas à imaginer l'effet d'une telle pression sur quelqu'un.

— Tu étais en colère contre moi, lui rappela-t-il – sans qu'elle comprenne d'où venait ce changement de sujet. Quand j'ai voulu t'empêcher de… commettre une erreur. Avec moi.

— Tu veux parler de ça maintenant ? demanda-t-elle, sourcils levés, frustrée qu'il fasse dévier la conversation. On peut se passer de ressasser mes moments les plus embarrassants.

— Embarrassants ? Pourquoi serais-tu embarrassée ? demanda-t-il. Nous n'avons jamais vraiment discuté de ce qui s'est passé, et je pense aujourd'hui que nous l'aurions peut-être dû.

— C'est de l'histoire ancienne, dit-elle, pas très sûre de vouloir savoir ce qu'il pensait, tout à coup.

Et elle décida qu'elle l'écouterait peut-être, après tout ; car, pendant toutes ces années, elle avait été hantée par le souvenir de sa rebuffade, et s'il avait eu du mal à lui dire non, alors, son ego pourrait accepter de l'entendre.

— Tu étais si jeune, reprit-il.

— Pff ! J'avais vingt et un ans, j'étais adulte, lui rappela-t-elle carrément. Il n'y a que sept ans de différence entre nous. Cela ne t'a quand même pas empêché de me traiter de gamine.

— J'essayais d'aider ! De pointer que ça tu t'en remettrais bien assez vite. De toute façon, à vingt-huit ans, j'avais la responsabilité parentale d'une sœur qui avait alors le même âge que toi. Je devais m'occuper de Cal, qui allait encore en classe, si tu t'en souviens bien. Sans parler du fait que tu avais bu. Tu n'avais pas les idées claires.

Rowan se creusa la cervelle, essayant de rassembler ses souvenirs. Ils avaient partagé une bouteille de vin, en effet. Mais elle était alors étudiante depuis trois ans, et pouvait encaisser un ou deux verres sans que son jugement en soit si altéré. Elle avait très bien su ce qu'elle faisait ! Et elle enrageait parce que Jonathan la croyait incapable d'en juger elle-même.

— J'avais bu un verre ou deux. Je savais très bien ce que je faisais.

— Je sais de quoi tu as l'air quand tu es pompette. J'avais passé pas mal de temps à t'observer, cet été-là.

Aveu révélateur, pensa Rowan en voyant de quelle façon il s'empourprait en réalisant ce qu'il venait de dire.

Elle avait à l'époque vingt et un ans, n'avait pratiquement jamais reçu un baiser, et n'avait jamais connu d'amoureux. Sauf si elle pensait à ces moments où il avait semblé que Jonathan et elle étaient les deux faces d'une même médaille. Quand ils riaient des mêmes plaisanteries obscures, ou que leurs regards se croisaient à travers une pièce et qu'elle ressentait ce chaud sentiment d'intimité réciproque.

Alors, quand ils s'étaient retrouvés seuls, savourant leur compagnie mutuelle, et les choses semblant si naturelles, elle avait tenté sa chance pour prouver que ses persécuteurs avaient tort. En vain. Elle s'était prouvé au contraire qu'ils avaient raison. Si même Jonathan ne voulait pas l'embrasser, alors quel espoir avait-elle de trouver un jour quelqu'un qui ne la considérerait pas comme une fille bizarre ?

— Je ne pouvais pas t'embrasser quand j'ignorais si tu le faisais parce que tu le voulais vraiment. Je suis désolé. Nous aurions vraiment dû en parler à l'époque.

Jonathan avait raison. Ils auraient dû discuter de ça avant aujourd'hui.

— Je devrais me remettre au travail, dit-il en repoussant sa chaise et en se levant. Si tu... si tu veux passer encore du temps à la bibliothèque, continua-t-il en captant son regard, j'en serai très heureux.

7

Pour finir, Rowan avait passé la majeure partie de l'après-midi dans la bibliothèque, en quête de toute trace des parfums oubliés dans les documents anciens et, dans les plus récents, de tout indice sur les raisons qui avaient provoqué les difficultés financières actuelles de Kinley. Elle avait remis les premiers à Liv, qui s'était installée dans la pièce à vivre, et examiné les seconds avec Jonathan, en discutant à voix basse pour qu'on ne les entende pas. Ils avaient aussi dîné dans la bibliothèque – Liv s'était endormie en regardant un film et ils n'avaient pas voulu la déranger ; quant à Cal, il était dans sa chambre.

La soirée avait passé dans une ambiance intime alors qu'ils travaillaient, dînaient et – quand elle parvenait à le dérider -riaient ensemble, si bien que la perspective de dormir dans le lit de Jonathan une fois la nuit venue parut plus significative que lorsqu'ils en étaient convenus, ce matin-là.

Elle hésita sur le seuil de la chambre de maître, où elle l'entendait aller et venir. C'était une chose de penser, dans la matinée, que cela ne signifiait rien de dormir dans le lit de Jonathan ; mais ça en devenait une tout autre le soir venu quand, plantée devant la porte de sa chambre, elle essayait de trouver le courage de frapper. Surtout après ce qu'ils avaient vécu aujourd'hui. En particulier le moment où, dans le labyrinthe, elle avait été sûre qu'il l'embrasserait.

Ce moment qui n'avait cessé de se rejouer dans son esprit, même quand elle examinait les comptes.

Ce fut en entendant des bruits de pas approcher du seuil qu'elle passa à l'action. S'il y avait une chose plus fâcheuse que d'être surprise à lever la main pour frapper, à ce stade, c'était d'être découverte en train de rôder dans les parages comme une collégienne.

Elle se hâta de frapper, et Jonathan ouvrit la porte un quart de seconde plus tard, manquant de peu la heurter. Elle leva instinctivement les mains, trébucha en arrière, et ce fut le bras de Jonathan qui, lui enlaçant la taille, l'empêcha de tomber.

— Rowan ! s'exclama-t-il tandis qu'ils tentaient de recouvrer leur équilibre, de dégager leurs mains et de faire comme si leurs corps n'étaient pas en contact. Désolé, je ne m'attendais pas à ce que tu sois là.

— Tu avais dit que je pouvais dormir ici pour ne pas avoir à passer la nuit sur le canapé, lui rappela-t-elle. Si tu as changé d'avis, pas de problème, je...

— Mais non. Je n'ai pas oublié.

Il recula d'un pas, sur le palier, tandis qu'elle s'attardait sur le seuil, ne sachant trop où se diriger. Leurs corps s'étaient rapprochés dans le mouvement, et elle frémissait, troublée, attendant qu'il s'éloigne. Aurait-elle le courage de lui demander de rester ? La veille, elle l'aurait eu. Mais la veille lui faisait l'effet d'appartenir à un autre monde. Un monde où il ne lui avait pas dit qu'il avait de l'attirance pour elle, ni que s'il l'avait repoussée la première fois, c'était uniquement pour la protéger. Elle leva les yeux à l'instant où il esquissait un pas en arrière, et toute audace la déserta.

— Fais comme chez toi, dit-il d'une voix embrumée, en désignant l'intérieur de la chambre. Il y a des draps propres sur le lit et une provision de bûches dans le panier près de la cheminée, en cas de besoin. Cette porte-ci donne dans la salle de bains, mais n'oublie pas de verrouiller la porte côté couloir.

Rowan ne pensait pas pouvoir devenir encore plus écarlate qu'elle ne l'était déjà – jusqu'au moment, bien sûr, où elle s'imagina dans l'immense baignoire en fonte, environnée de mousse et de bulles, éclairée par la lumière flatteuse d'une ribambelle de bougies... Elle avait les yeux clos, mais un son tout proche lui faisait rouvrir les paupières. Jonathan était là qui l'observait, avec intérêt.

— Rowan ? dit le vrai Jonathan, la distrayant, hélas, de son rêve éveillé où le Jonathan de son fantasme était bien plus facile à séduire.

— Porte de la salle de bains, répéta-t-elle, se rappelant les derniers mots qu'il avait prononcés et espérant que ses idées folles ne se lisaient pas sur son visage. C'est noté.

Puis ils se dévisagèrent en silence.

— Bon, euh, je te laisse, finit-il par dire, maladroitement, en essayant de faire comme s'ils ne pensaient pas tous les deux qu'elle allait prendre place dans son lit.

Quand il s'éloigna, elle resta un instant sur le seuil, le suivant du regard. Se demandant ce qu'il aurait fallu pour que la porte se referme sur eux *ensemble*, les mettant hors du monde. Sur eux à l'intérieur, avec le feu flambant dans la cheminée, isolés dans la senteur suave des draps, à l'abri des rideaux tirés et des tentures du lit. Dans un espace qui leur permettait... d'être deux.

Elle s'était laissée aller à imaginer des scènes comme celles-là, autrefois. Au début de sa toquade pour lui. Quand elle avait cru que les regards échangés et les plaisanteries complices allaient déboucher sur quelque chose. Il ne lui serait pas difficile de raviver ces souvenirs, s'avoua-t-elle. De se remémorer l'aisance de leurs échanges d'alors. Mais cela ne ferait que la ramener au moment où il l'avait repoussée, et ce n'étaient pas des pensées qu'elle avait envie d'avoir.

Elle s'apprêta à se coucher, résolue à faire comme si tout était normal, comme s'il n'y avait rien de remarquable dans le fait de dormir dans le lit de l'homme pour lequel elle n'avait cessé de nourrir un penchant amoureux durant toute sa vie d'adulte. Ce fut seulement en se glissant entre les draps, en se retrouvant enveloppée par la senteur familière de Jonathan, qu'elle prit conscience du guêpier où elle se trouvait. Elle n'aurait pas dû sentir son odeur, puisque les draps étaient changés, se dit-elle. Cela ne tempéra en rien sa réaction physique à cette immersion dans la senteur de Jonathan. Qu'elle fût imaginaire ou non, elle ne pourrait jamais se convaincre qu'elle dormait dans un autre lit.

Lorsque le sommeil la terrassa enfin, son inconscient impitoyable la ramena dans la baignoire. Jonathan la regardait depuis le seuil, l'air de n'attendre qu'un signe pour la rejoindre et assouvir tous ses désirs. Là où son regard viril se posait, elle mettait les mains ; audacieuse avec son corps comme elle n'avait pas encore appris à l'être dans la réalité, elle laissait glisser ses paumes sur ses seins, à travers l'amas de mousse, et sa bouche s'incurvait en un sourire à la vue de Jonathan qui, debout sur le seuil de la salle de bains, la regardait d'un air de possessivité farouche qu'elle aurait tant aimé voir sur son visage, dans la vraie vie.

Ses mains plongeaient dans l'eau chaude, s'étalaient sur son ventre, et elle accordait à Jonathan un sourire qui, espérait-elle, signifiait clairement : *Viens un peu plus près et fais ces gestes à ma place.* Le Jonathan du rêve ne se le faisait pas dire deux fois, il tombait à genoux près de la baignoire…

Une main virile glissait vers sa nuque, s'enfonçait dans son chignon flou à demi défait et lui renversait le visage, tandis que l'autre main plongeait sous l'eau pour lui faire ce qu'elle n'avait osé que dans l'intimité de la solitude.

Jonathan savait s'y prendre, il avait tôt fait de la rendre folle de plaisir, car bien sûr il était aussi habile en amour que dans tout ce qu'il entreprenait... À l'instant où elle l'agrippait par la chemise et le tirait vers elle, sur elle, dans la baignoire, qui débordait avec la violence d'une déferlante, elle se réveilla en sursaut, le souffle court dans l'air nocturne, baignée de sueur. Une porte avait claqué quelque part, et si jamais elle découvrait qui avait perturbé son rêve au moment crucial, gare !

Elle enfouit son visage dans l'oreiller et aurait lâché un cri de frustration si elle n'avait senti les effluves de la senteur de Jonathan. Comment réussissait-il ce tour de magie ? Elle fut tentée de s'octroyer le plaisir ultime. Mais jouir entre les draps de Jonathan, c'était abuser de son hospitalité. Et le plaisir solitaire était bien moins tentant que d'être livrée, comme un instant plus tôt dans son rêve, aux caresses d'un homme aux multiples dons.

Ce n'était pas en remuant de telles pensées qu'elle allait retrouver le sommeil, s'avoua-t-elle après s'être agitée pendant une demi-heure. Elle allait se lever, se préparer une infusion calmante et dénicher quelque lecture à s'endormir d'ennui. Elle se rappela qu'il y avait une étagère de polars dans la pièce à vivre alors qu'elle allumait la bouilloire, et traversa le vestibule pour aller en choisir un.

Elle alluma et poussa un cri alors qu'un grand corps surgissait du canapé au milieu de la pièce.

— Jonathan ! s'exclama-t-elle.

Il portait un T-shirt en coton et un boxer noir sur ses longues jambes. Elle tira sur son sweat à capuche pour le faire descendre sur son short de nuit, en regrettant de ne pas avoir enfilé aussi son pantalon de jogging. Même si Jonathan, à en juger par le regard qu'il fixait sur ses jambes, ne le regrettait nullement pour sa part.

— Rowan, qu'est-ce que tu fais ici ?

— Je n'arrivais pas à dormir, se hâta-t-elle de dire. J'ai fait un rêve.

Elle s'arrêta net, espérant qu'il ne devinerait pas qu'elle avait rêvé de lui. Puis elle s'avisa que ce qu'elle venait de dire n'expliquait en rien sa présence dans la pièce.

— Tu voulais en parler ? lui demanda-t-il en se réinstallant sur le canapé.

Elle eut une mimique compatissante en se rappelant son inconfort de la nuit précédente.

— Je voulais quelque chose à lire, lâcha-t-elle en gagnant les rayonnages de livres. Je n'arrive pas à me rendormir.

— Moi non plus, dit Jonathan avec un grand sourire ironique qu'elle ne put s'empêcher de lui retourner.

Ils furent interrompus par le sifflement de la bouilloire, et Rowan sursauta.

— Je préparais de la tisane, dit-elle – un fait patent, mais elle retardait le moment où ils se diraient bonne nuit.

— Une tasse, ce ne serait pas de refus, dit Jonathan, qui se leva et s'étira. Après, cet instrument de torture paraîtra peut-être un peu moins blessant.

— Que fais-tu ici, au fait ? demanda à voix basse Rowan alors qu'ils gagnaient la cuisine, où elle retira la bouilloire de son support tandis que Jonathan fouillait dans un placard pour en sortir gobelets et sachets d'infusion. Je croyais que tu partagerais la chambre de Caleb.

— Camomille ? demanda-t-il en mettant un sachet dans une tasse.

Elle sourit, à la fois gênée et contente qu'il se rappelle sa préférence. Jonathan parut mal à l'aise, et Rowan lui décocha un regard inquisiteur.

— Quoi ?

— Je ne m'étais pas assuré que ça ne dérangeait pas Caleb de partager sa chambre, avant de te proposer la mienne. Il n'était pas chaud du tout. Alors, je n'ai pas eu d'autre solution que le canapé.

— Une solution épouvantable, dit Rowan avec un soupir.

Je n'aurais jamais accepté d'occuper ta chambre si j'avais su que tu échouerais ici. Je vais échanger avec toi. Ou retourner chez Liv, dit-elle pendant que Jonathan déposait les infusions sur la table.

Elle s'assit près de lui sur le banc, un genou relevé et accoudée sur ce support improvisé, les mains autour du gobelet fumant.

— Non, ne dérange pas Liv. Elle a besoin de repos.

— Alors, je prends le canapé. Je ne pourrai jamais dormir en sachant que je t'ai chassé de ton lit.

— Pas question. Je t'ai proposé ma chambre. De quoi aurais-je l'air si je changeais d'avis maintenant, au beau milieu de la nuit ?

Rowan émit un gémissement rauque, elle était réellement trop lasse et frustrée pour se lancer dans une dispute avec un Jonathan obstiné.

— L'air d'une personne raisonnable facilitant la vie d'une autre personne très fatiguée. Je connais ce canapé, non ? Tu y as déjà passé la moitié de la nuit. Échanger, ce n'est que justice. Pourquoi refuses-tu de l'admettre et de t'en tenir là ?

— Parce que la justice n'a rien à voir là-dedans, dit-il, rencontrant son regard et le tenant captif. J'ai donné ma parole.

— Et ta parole fait loi ? Tu m'as proposé de me céder ta chambre parce que tu pensais que tu dormirais chez Caleb. Ça n'a pas marché. Ce n'est pas la peine d'en faire un drame.

L'expression de Jonathan ne se modifia pas, et il secoua la tête tout en croisant les bras.

— Et si je ne me suis pas assuré que ça ne posait aucun problème à Cal, la faute à qui ? Si tu as des doutes, je suis sûr que Livia ou lui seraient enchantés de t'éclairer.

Rowan gémit bel et bien, parce qu'ils tournaient en rond alors qu'elle n'avait qu'une envie : dormir.

— Nouvelle règle, déclara-t-elle. Fini de me parler de Liv,

fini de parler de toi avec elle. Nous érigeons un mur. C'est le seul moyen pour que je tienne le coup.

Un sourire commença à se dessiner au coin de sa bouche virile, et elle le regarda en plissant les yeux, convaincue que quelque chose lui échappait.

— Quoi ? Qu'est-ce qu'il y a ? fit-elle, soupçonneuse à la vue de son changement d'humeur.

— Tu parles de moi à Liv ?

— Liv me parle de toi, rectifia-t-elle, croisant ses bras sur la table et y posant la tête. Elle se *plaint* de toi. C'est à sens unique, en fait.

— Alors, tu ne lui as jamais parlé de notre...

Elle leva les yeux, son intérêt éveillé parce qu'il laissait sa phrase en suspens, et elle se demanda s'il allait la finir.

— Je ne voyais pas ce qu'il y aurait eu à raconter, dit-elle avec circonspection.

S'il ne lui avait pas signifié qu'un tel épisode n'avait aucune chance de se reproduire, elle aurait peut-être eu le sentiment d'avoir quelque chose à confier. Et depuis ? Il ne s'était rien passé. S'il se produisait quoi que ce soit un jour... eh bien, elle s'en soucierait à ce moment-là.

— Non. Bref, dit Jonathan, les pommettes légèrement empourprées.

Elle s'avisa qu'elle aimait bien le voir un peu gêné. Dépourvu de son air assuré et laissant transparaître l'être humain qui se cachait sous cette apparence.

— Il faut vraiment que je dorme, soupira-t-elle, abandonnant de nouveau sa tête sur ses bras croisés et presque tentée de s'endormir sur la table.

— Bien sûr. Tu n'as qu'à remonter. J'éteindrai dans un instant.

— Je croyais que le canapé était pour moi, murmura Rowan.

— Et moi, je croyais avoir été assez clair : il est hors de

question qu'une invitée dans ma maison dorme sur ce canapé. C'est déjà assez moche que tu y aies dormi la nuit dernière.

Rowan se redressa et lui décocha son air le plus sévère.

— Je suis parfaitement capable de décider par moi-même où il me plaît de dormir.

Mains sur la table, Jonathan se pencha en avant.

— Tu passeras le reste de la nuit dans mon lit même si je dois t'y porter moi-même ! Veux-tu cesser de discuter, s'il te plaît, et me laisser prendre soin de toi ?

Elle en resta bouche bée et le dévisagea fixement, secouée par l'intensité du sentiment exprimé par cet éclat. Puis son imagination fit surgir sur son écran mental les images d'un Jonathan qui la soulevait dans ses bras, l'emportait dans sa chambre et « prenait soin d'elle » de multiples façons. Elle en fut trop choquée pour émettre le moindre son, et continua à le regarder, attendant que le déclic se fasse dans son esprit, qu'il perçoive l'ambiguïté de ses paroles.

— Rowan, pardon, dit-il, commençant à paraître mal à l'aise. Je n'ai pas voulu insinuer...

— Il n'y a pas de souci, coupa-t-elle, prise d'une idée soudaine. Le lit est bien assez grand pour nous deux, tu sais. Juste pour cette nuit. On trouvera une autre solution demain.

Et ma foi, si elle voulait qu'il l'embrasse à nouveau, il y avait pire moyen d'y parvenir que de partager un lit.

— Je ne sais pas trop...

— Inutile de dramatiser, dit-elle pour qu'il n'ait pas d'idées fausses. Je partageais celui de Liv, avant, et on n'en a pas fait tout un plat.

Il était hors de question qu'elle lui fasse des avances – plan ou pas plan. Si elle suggérait qu'ils partagent le lit, elle attendrait aussi qu'il fasse le premier pas.

Jonathan lui décocha un regard farouche, plein de feu, qui lui disait que la comparaison ne tenait pas et qu'elle savait très bien pourquoi.

— Je ne veux pas profiter de la situation, dit-il d'une voix bourrue.

— Tu ne fais rien de tel. J'insiste.

Elle lui tendit la main pour qu'il l'aide à se lever du banc.

— Si tu insistes, je suppose que je n'ai pas le choix, dit-il en prenant sa main et en tirant jusqu'à ce qu'elle soit debout face à lui.

Elle n'avait jamais eu une conscience plus aiguë de son corps que dans ces instants où elle grimpa l'escalier derrière Jonathan en sachant qu'ils allaient coucher dans le même lit. Il ne s'était pas arrêté à prendre d'autres vêtements, dans la bibliothèque, et elle réalisa qu'elle se sentait plus à l'aise d'avoir les jambes nues que de monter à sa suite en essayant de ne pas fixer ses fesses moulées dans le boxer noir. Au moins, sous l'épais duvet, elle ne le verrait plus, et elle n'aurait pas à faire appel à sa maîtrise de soi. Cependant, elle n'aurait certes pas juré que le fait d'être blottie sous les couvertures avec Jonathan s'avérerait propice à de bonnes décisions.

— Tu es bien sûre ? demanda-t-il devant le seuil de sa chambre, l'air grave.

On aurait cru qu'il lui suggérait de se faire opérer par des apprentis chirurgiens, et non de partager quelques heures de sommeil dans son lit – en tout bien tout honneur.

Elle le dépassa pour ouvrir la porte.

— Viens. Il est tard. J'aimerais quand même dormir un peu, cette nuit.

Elle se faufila sous le duvet et ôta son sweat-shirt, tourna le dos en essayant de ne pas penser alors qu'il se glissait dans le lit après elle. Elle se permit d'imaginer que son bras viril venait lui envelopper la taille, l'attirait contre lui, le dos contre son torse, leurs corps s'épousant étroitement. Elle sentit le matelas se creuser sous le poids de Jonathan et retint son souffle, se demandant si l'un d'eux allait les sortir de cette impasse. Mais elle perçut bientôt que sa respiration s'atténuait, adoptait le rythme doux et régulier du sommeil. Elle ferma très fort les yeux, comptant les moutons pour que vienne l'oubli.

8

Quand Jonathan se réveilla le lendemain, Rowan était dans ses bras, la poitrine contre son torse, ses jambes à la peau douce mêlées aux siennes. Il aurait dû s'écarter d'elle. Il avait su, en se glissant pourtant dans le même lit qu'elle, la veille, que c'était une idée désastreuse. Il avait su que son empire sur lui-même ne résisterait pas à la proche présence de cette femme. Il n'avait pas oublié en quoi c'était une mauvaise idée. Ni pourquoi se laisser aller à en tomber amoureux ne marcherait jamais. Il lui était impossible de prendre soin de sa famille, de maintenir Kinley à flot et d'être en même temps un bon partenaire pour une compagne. Il avait déjà plus de responsabilités qu'il n'en pouvait assumer, la dernière chose à laquelle il aurait dû songer était d'en rajouter.

Mais en même temps, là, il n'arrivait pas à y attacher d'importance.

Il n'avait toujours pas trouvé la force de faire ce qu'il fallait quand, à un centimètre de lui, Rowan ouvrit les yeux. Ceux-ci se dilatèrent, surpris, alors qu'elle réalisait où elle était, et, instinctivement, il resserra son étreinte autour de sa taille.

— Tu es dans mon lit, murmura-t-il, comme s'il avait oublié comment cela s'était produit !

Il s'attendit à ce qu'elle s'écarte d'un bond en réalisant l'intimité physique qui s'était établie entre eux pendant la nuit. L'une des jambes de Rowan était emprisonnée entre les siennes, et rien n'aurait pu le décider à bouger, à prendre de la distance. Par miracle, il semblait que Rowan éprouvait la même chose. Car, au lieu de se dégager loin de lui comme il l'avait craint en lui disant où ils se trouvaient, elle émit un soupir de contentement et se détendit entre ses bras, lui effleurant presque le nez avec le sien.

Elle s'humecta la lèvre inférieure avec la langue. Elle était si près qu'il ne l'entrevoyait que du coin des yeux. Il ferma les paupières, la serra plus fort, et refusa de penser à toutes les raisons qui s'opposaient à ce qu'il agisse ainsi alors qu'il se soudait à elle et lui effleurait les lèvres avec sa bouche. Il soupira tout en l'embrassant tandis que les mains de Rowan gagnaient ses épaules.

Tandis qu'elle remuait contre lui, il réalisa qu'il attendait ça depuis une éternité. Que pendant une éternité, il s'était refusé à s'avouer ce qu'il voulait. Longtemps, si longtemps, les visites rares et imprévues de Rowan dans la maison qu'il partageait avec Livia et Caleb au cours des vacances avaient été les moments mémorables de sa vie de responsabilités et de stress extrêmes.

Il l'avait réalisé trop tard, après l'avoir repoussée sans s'expliquer comme il fallait, sans dire pour quelles raisons il ne pouvait pas se payer le luxe de tomber amoureux d'elle – car il ne pouvait pas imaginer d'autre issue s'il se laissait aller au besoin qu'il avait d'elle. Il détacha un bras de sa taille fine et ne put réprimer un frisson de possessivité et de désir en entendant son gémissement de protestation, qui ne s'apaisa que lorsqu'il eut saisi sa chevelure à pleines mains et orienté son visage pour mieux dévorer sa bouche.

À l'instant où il méditait le meilleur moyen de les dévêtir au plus vite, avide de la tenir nue contre lui, la porte de sa chambre s'ouvrit toute grande. Rowan et lui s'écartèrent l'un de l'autre tels deux pôles magnétiques qui se repoussent.

— Rowan, peux-tu m'aider à...

Sur le seuil, Liv mit les mains devant ses yeux et se détourna.

— Désolée... Quand tu m'as dit que tu dormirais ici, j... Oublie ça, je m'en vais.

Rowan jaillit hors du lit, révélant des jambes dont il aurait mieux fait de détourner les yeux. Mais il avait brûlé ses vaisseaux.

— Liv, attends, ce n'est pas ce que tu crois, dit Rowan en rejoignant son amie, qui s'éloignait tant bien que mal sur ses béquilles.

Il voulut rappeler Rowan, lui dire de revenir, de laisser Liv pour revenir dans son lit, là où était sa place. Mais il ne pouvait pas lui demander cela, pas en présence de sa sœur du moins. Il se renversa donc sur les oreillers tandis que Rowan s'entretenait avec Liv à voix basse, pour qu'il n'entende pas. Un bras replié sur le visage, il tenta de se rappeler pourquoi il avait passé sept ans à essayer de ne pas penser à embrasser cette jeune femme. En vain.

Rowan s'attarda sous la douche, laissant l'eau chaude anesthésier ses sens, cherchant à oublier ce qu'elle avait ressenti en s'éveillant près de Jonathan. Peine perdue. Elle essaya de se concentrer sur ses sensations concrètes – l'eau sur sa peau, la vapeur qu'elle inhalait. Mais en réalité, tout ce qu'elle sentait, c'étaient les mains de Jonathan sur ses hanches et dans ses cheveux, la bouche de Jonathan sur sa bouche et son souffle se mêlant au sien. Ce fut seulement lorsque le réservoir d'eau chaude s'épuisa qu'elle admit qu'il aurait été puéril de s'attarder là au risque d'une hypothermie parce qu'elle avait peur de voir celui qu'elle avait embrassé moins d'une heure auparavant. Elle n'avait pas pour habitude d'embrasser un homme puis de prendre son petit déjeuner avec lui comme si de rien n'était.

C'était ce qu'elle avait voulu : un baiser qui ne s'achève

pas par une rebuffade de sa part, puis... passer à la suite de sa vie. Sans que Jonathan en fasse partie.

Lorsque Liv était apparue sur le seuil, croyant la trouver seule et cherchant de l'aide pour se doucher, Rowan avait obéi à son instinct, couru après elle pour s'expliquer, ignoré le pincement au cœur qui lui disait de rejoindre Jonathan pour achever ce qu'ils avaient abandonné.

Tout bien considéré, Liv avait bien pris les choses. Rowan lui avait dit ce qu'elle savait, ce qui était peu : Jonathan et elle avaient partagé le lit parce que Caleb avait mis son frère dehors, le baiser n'avait pas été prémédité et elle ne s'attendait pas à ce qu'il se reproduise.

Avait-elle envie que ça se reproduise ? Tout en elle lui criait « oui », bien sûr. Elle avait eu envie de ça depuis son arrivée au manoir. Elle savait que Jonathan ne lui ferait jamais de mal volontairement. Il était conscient de l'avoir profondément blessée la première fois, et elle ne croyait pas qu'il ferait preuve avec elle de désinvolture. Elle pouvait s'autoriser à se sentir désirable. Désirée.

Mais elle allait devoir être prudente, se dit-elle en s'essuyant. Elle s'était montrée imprudente une première fois, en ce qui concernait ses sentiments pour Jonathan, et elle ne commettrait pas à nouveau la même erreur. Il fallait qu'elle sorte courir un moment, ne fût-ce que sur deux ou trois kilomètres, pour s'éclaircir les idées.

Un quart d'heure plus tard, ses pieds martelaient l'une des allées forestières, luttant à chaque pas pour adopter l'allure qui lui venait si facilement, d'habitude. Chaque mètre franchi était un combat, et elle n'en revenait pas.

Elle chercha à déterminer la source du problème. Ses épaules étaient tendues, ses doigts rigides. Elle prit donc une profonde inspiration, essayant de décontracter le haut de son corps, d'aboutir à plus d'efficacité. Mais aujourd'hui, sa magie semblait s'être évaporée. Car les moments qu'elle désirait le plus revivre étaient ceux du petit matin, dans le lit de Jonathan, quand l'homme sur lequel elle avait fantasmé pendant si longtemps l'embrassait avec fougue et glissait les mains sous ses vêtements peu avant l'irruption de Liv...

Elle s'était hâtée de rattraper son amie et n'avait donc pas eu la moindre chance de voir ce que ressentait Jonathan au sujet de leur moment d'abandon. De voir s'il le regrettait une fois encore. Ensuite, elle avait voulu ne pas lui donner l'occasion de la rejeter et, focalisée là-dessus, elle n'avait pas cherché à savoir ce qu'il pensait de cet épisode. Elle tenta de se concentrer sur ses foulées, mais elle était si absorbée qu'elle trébucha sur une racine d'arbre et dut amortir sa chute avec les mains avant de s'étaler dans un carré d'orties.

Elle crapahuta hors des feuilles urticantes, regrettant de ne pas avoir mis ses leggings, et s'assit au pied de l'arbre.

Cela aurait pu être pire, se dit-elle alors qu'une éruption cutanée lui mettait la peau en feu, en fermant les yeux pour refouler ses larmes. Une fracture de la cheville comme celle de Livia l'aurait coupée de tout entraînement pendant un mois. Elle n'était blessée que dans son orgueil. Elle se frotta la jambe en grimaçant à chaque passage sur sa peau. Puis, elle se releva et se força à revenir au manoir en courant à bonne allure.

Quand elle atteignit la porte arrière du manoir, son visage était mouillé de larmes qu'elle avait renoncé à refouler dans les derniers huit-cents mètres. Elle avait besoin d'un gant de toilette et d'une cuvette d'eau fraîche, de se réfugier dans un lieu tranquille pour soigner son mal.

— Mon Dieu, mais que t'est-il arrivé ?

Rowan faillit tomber à la renverse en entendant la voix de Jonathan. Comme de bien entendu, il fallait qu'il ait choisi ce moment pour sortir enfin de la bibliothèque et se désaltérer à la cuisine !

— Ce n'est pas aussi horrible que ça en a l'air, soutint-elle en se détournant pour tenter de cacher le pire.

Elle avait tout à fait conscience d'être à faire peur, et n'était pas sûre de pouvoir supporter qu'il la découvre dans cet état, après tous les chocs de la matinée. Mais Jonathan n'était pas disposé à ce qu'elle s'en tire ainsi. Il la prit par les épaules, la poussa sur une chaise et lui releva les jambes, pieds sur la banquette.

— Tu es tombée dans les orties ? demanda-t-il, passant un doigt léger sur son tibia.

— Oui, gémit-elle, luttant contre une envie folle de se gratter, après cette sensation cuisante.

— Ne bouge pas d'ici !

Rowan s'aperçut qu'elle n'avait pas la force de discuter. Elle essuya tant bien que mal ses joues sillonnées de larmes.

— C'est aux jambes que tu es le plus touchée ? s'enquit-il en revenant avec un récipient d'eau et un gant.

— Et aux mains.

— Pauvre de toi ! dit-il, déposant un baiser sur une paume salie et meurtrie, puis sur l'autre.

Elle en resta sans voix. Elle n'avait pas su à quoi s'attendre de sa part, aujourd'hui : s'il serait froid et distant, s'il la repousserait avec autant de fermeté que lors de leur premier baiser. Mais elle n'aurait jamais imaginé, même dans ses rêves les plus fous, que Jonathan soit si doux avec elle. Si tendre. Elle le regarda faire tandis qu'il baignait le linge dans l'eau puis le passait sur sa peau griffée et couverte de rougeurs, émit un soupir sonore de bien-être alors que l'eau fraîche calmait l'intolérable sensation de brûlure.

— Ça va mieux ? demanda-t-il en inspectant et nettoyant sa paume, ne levant les yeux qu'après avoir terminé.

— Beaucoup mieux, dit-elle d'une voix enrouée, n'osant se risquer à en dire plus.

Il lui laissa la main dans la cuvette d'eau tandis qu'il passait à l'autre.

— Qu'est-ce qui ne va pas ? s'enquit Jonathan, relevant la tête avec inquiétude alors qu'elle remuait les jambes avec agitation.

— Je crois que pour les mains, ça va, maintenant.

— Ce sont les jambes qui te font le plus mal ?

Elle se mordit la lèvre inférieure et hocha la tête, luttant de toutes ses forces contre l'envie de se gratter à s'écorcher la peau.

Le premier passage du linge humide et froid sur une jambe, du genou à la cheville, la soulagea si intensément qu'elle en eut les larmes aux yeux. Jonathan renouvela ce manège sur l'autre jambe et, renversant la tête en arrière contre le dossier de la chaise, elle ferma les yeux, s'abandonnant à ses mains habiles.

J'ignorais que la campagne était si dangereuse, observa-t-il – ce qui la fit rire, même si elle gardait les yeux clos. Vous élevez ça au rang de grand art, Liv et toi.

Elle eut un petit soupir étranglé alors qu'il nettoyait une éraflure sur son genou, puis elle sourit alors qu'il lui murmurait des mots réconfortants.

— Je devrais éviter de courir sur des pistes que je ne connais pas lorsque j'ai la tête ailleurs, dit-elle.

Il leva les yeux.

— Pourquoi étais-tu distraite ?

Elle lâcha un petit rire. Comme s'il ne le savait pas !

— Tu veux parler de ce qui s'est passé ? lui demanda-t-il.

— Et *toi*, tu veux parler de ce qui s'est passé ? répliqua-t-elle.

Après tout, c'était lui qui avait eu un tas de choses à faire savoir, la première fois qu'ils s'étaient embrassés. Avec des opinions bien tranchées !

Elle devait sans doute tout arrêter maintenant. N'était-ce pas ce qu'elle avait voulu ? Un baiser de la deuxième chance, pour conclure les choses à ses propres conditions, pour ne plus avoir à se dire : *Et si... ?* Et enfin aller de l'avant. Mais... l'interruption n'avait pas fait partie de son plan. Que cela s'achève ainsi, ce n'était pas ce qu'elle avait prévu. Elle méritait une autre conclusion, après tout ce temps. Elle avait quêté un apaisement, et se retrouvait aux prises avec encore plus d'interrogations ?

— Je ne prétendrai pas que c'est en tête de ma liste de choses à faire, finit-elle par répondre en captant le regard de Jonathan.

Elle n'aurait pas su dire, à son expression, si elle atteignait son but. Il se retenait de dire quelque chose, c'était évident. Mais résistait-il à l'envie de lui dire qu'il la désirait, ou allait-il la repousser cette fois aussi ? Elle n'aurait pas su trancher. Une femme sensée aurait pris la tangente sans lui en laisser l'occasion. En aucun cas une femme sensée n'aurait couru un tel risque une deuxième fois. Mais il était agenouillé près d'elle, lui tenait les mains, et elle était incapable de ne pas vouloir prolonger ce moment.

— J'aimerais bien connaître cette liste, répondit-il avec un petit sourire.

— Ohé, Rowan ! cria soudain Liv depuis le salon. Veux-tu venir voir un film avec moi ?

Assise à une extrémité du canapé si inconfortable, plus tard ce soir-là, à côté de Jonathan dont le langage corporel était à l'image du sien, elle était sûre d'avoir eu une très mauvaise idée en acceptant la proposition de Liv. Elle avait supposé que Jonathan continuerait de travailler dans la bibliothèque mais, à la surprise générale, il avait éteint son ordinateur portable peu après 19 heures et était venu les rejoindre.

Cela signifiait-il que la veille avait marqué le début de quelque chose, et non une fin ? Rowan avait espéré pendant toute la journée que c'était le cas, même si cela ne devait durer que quelques jours. Tout ce qu'elle savait était qu'elle voulait aller au-delà des baisers qu'ils avaient échangés dans la matinée. Au-delà de ce qu'elle avait ressenti dans son lit, entre ses bras. Seulement, elle ne savait pas très bien comment y parvenir.

Elle se gratta distraitement la jambe, jusqu'à ce qu'elle sente les doigts de Jonathan sur les siens.

— Ça ne fait qu'aggraver les choses, lui souffla-t-il à voix basse pour que Liv et Caleb n'entendent pas. Veux-tu que j'aille chercher de quoi calmer ça ?

Elle se sentit fondre, face à tant de gentillesse.

— Tout va bien, murmura-t-elle, sans retirer sa main.

C'était peut-être ça, le premier pas, se dit-elle. De toutes petites avancées l'un vers l'autre dans la pénombre.

Jonathan ne bougea pas non plus, sinon pour lui répondre par une pression de main. Et ils restèrent assis là, main dans la main. Elle retint son souffle, pas très sûre d'être capable d'accepter une telle intimité de sa part alors que son frère et sa sœur étaient présents.

— Bon, lança Liv dès la fin du film, je monte me coucher.

— As-tu besoin que je t'aide ? demanda Jonathan, se levant à demi.

— Pas la peine, coupa aussitôt Caleb en se levant vivement pour passer ses béquilles à Liv, avant de l'aider à se lever de son fauteuil. Je crois que je vais aller dormir aussi, ajouta-t-il à la cantonade, bien qu'il fût à peine un peu plus de 22 heures.

Jonathan les regarda sortir avant de se tourner vers Rowan.

— Alors, Caleb aussi est au courant ? demanda-t-il avec un soupir résigné.

— Liv a dû lui dire quelque chose, observa Rowan en haussant les épaules tandis qu'elle regardait son amie qui, parvenue sur le palier, disparaissait hors de vue.

Il lui prit la main pour l'attirer plus près.

Une sensation de chaleur se diffusa dans son ventre, et elle trouva le courage de poser la question qui la taraudait.

— Tu appellerais ça comment, ce qu'il s'est passé, toi ?

— Eh bien, je suppose qu'en termes simples, on pourrait dire que c'était « juste un baiser ».

Il ramena leurs mains jointes aux creux de ses genoux.

— Et en termes complexes ? osa-t-elle.

— Dans ce cas, je suppose que c'est pour nous un point de départ. Auquel j'ai pensé toute la journée.

— En envisageant... le point d'arrivée ?

L'insinuation était tout à fait volontaire. Elle aussi y avait pensé toute la journée, et même les démangeaisons ne l'avaient pas distraite de son rêve éveillé. Jonathan, surpris, s'éclaircit la gorge, et elle eut un petit rire. Elle avait toujours adoré le prendre au dépourvu.

— Tu ne veux pas savoir ce que j'imaginais.

Comme il se trompait ! Elle voulait savoir tout ce qu'il avait imaginé, et en faire une réalité. Jusqu'à ce qu'il décide de parler, cependant, elle pouvait tirer parti de ses propres fantasmes. Elle décida que le moment s'y prêtait, et elle se hissa sur les genoux de Jonathan, lui chevauchant les cuisses ; ses mains recouvrirent ses mains viriles avec naturel lorsqu'il les posa sur ses hanches, la laissant maîtresse de ce qui se passerait ensuite.

Elle rougit de se voir en possession d'un tel pouvoir, et elle s'inclina vers lui, mêlant les doigts à sa chevelure, le regardant alors qu'elle remuait les hanches, lui relevant le visage, se demandant de quoi elle avait d'abord envie. Pendant tout ce temps, Jonathan ne bougea pas, la tenant étroitement mais sans diriger ses mouvements, comme s'il était aussi intrigué qu'elle de la voir prendre l'initiative.

Elle lui effleura les lèvres du bout du pouce, puis avec la bouche, de façon si fugitive qu'elle capta à peine le léger hoquet de Jonathan et la crispation de ses mains sur ses hanches.

— Tu prends ton temps ? demanda-t-il, tendu.

— Nous avons toute la nuit, répondit-elle, espérant que c'était le cas.

Les mains de Jonathan quittèrent ses hanches pour épouser l'arrondi de ses fesses, l'attirèrent doucement à lui. L'invitation était trop tentante pour être ignorée. Alors, elle se pencha et l'embrassa encore, plus lentement cette fois, en s'autorisant à savourer le contact de ses lèvres sur sa bouche virile. Elle y retrouva l'ombre du goût salé du pop-corn qu'ils avaient mangé, du vin rouge qu'ils avaient siroté dans la soirée.

Jonathan l'enlaça étroitement, la laissant libre d'explorer, de jouer, de mettre sa résistance à l'épreuve. Il entrouvrit les lèvres, sous les siennes, et gémit lorsqu'il approfondit leur baiser.

Lorsque Jonathan s'écarta soudain, elle le regarda d'un air interdit, le souffle court, les cheveux en désordre sur les épaules, les vêtements froissés par le contact étroit de leurs corps.

Elle aurait pu être gênée, si elle n'avait pas vu le tableau lascif que lui offrait Jonathan, avec ses pommettes empourprées, ses cheveux en désordre, ses lèvres meurtries et rougies.

— Est-ce que ça va ? lui demanda-t-il.

Et elle rit, car elle ne s'était jamais sentie aussi bien de toute sa vie. Elle n'allait cependant pas l'admettre.

— Je me sens bien, dit-elle simplement. Et toi ?

Elle réalisa soudain que c'était lui qui avait mis un frein à la situation. Le doute l'envahit aussitôt, et elle jeta un coup d'œil vers la porte, en se demandant si l'on pouvait s'éloigner d'un homme sans manquer d'élégance.

Sa mine avait dû s'allonger, car Jonathan était soudain en alerte, la soulevant pour l'asseoir près de lui sur le canapé.

— Est-ce que ça va ? redemanda-t-il, lui ramenant les cheveux en arrière et la dévisageant avec une inquiétude véritable.

— Oui, se hâta-t-elle de dire. Mais si tu ne veux pas... Tu as freiné des quatre fers, ajouta-t-elle, s'apprêtant à un rejet blessant.

— Oh ! Rowan ! fit-il d'un air peiné. Je ne l'ai pas fait parce que je ne voulais pas continuer. Je...

Il regarda autour de lui dans la pièce à vivre.

— J'ai besoin d'être sûr que c'est bien ce que tu veux. Je ne sais pas ce que j'ai à t'offrir. Je ne sais pas où ceci peut nous mener. Tu me plais tellement, Rowan, et je ne voudrais surtout pas te faire de mal ! Mais j'ai tant...

— Chut, le coupa-t-elle avec douceur, en posant les doigts sur ses lèvres. Rien n'oblige à ce que ça prenne une tournure non désirée...

Il la dévisagea pendant un instant prolongé, et elle crut qu'il allait changer d'avis. Mais tout à coup, ses mains viriles enveloppèrent à nouveau ses cheveux, son visage, et il murmura, en déposant des baisers le long de sa mâchoire :

— Alors, poursuivons dans un endroit dont la porte ferme à clé. Je ne tiens pas à être encore interrompu.

Rowan soupira, réalisant sans doute bien plus tard qu'elle ne l'aurait dû que Liv et Caleb avaient regagné leurs chambres respectives sans qu'aucun d'eux suggère un partage avec elle ou Jonathan. Tous deux, apparemment, s'attendaient à ce qu'elle partage le lit de Jonathan cette nuit, même si de leur côté, ils n'avaient pas abordé le sujet entre eux.

— Je n'arrive pas tout à fait à croire ce qui se passe, reprit-elle.

Les coins de la bouche de Jonathan s'incurvèrent, ébauchant un sourire, et il la rapprocha de lui pour lui donner un baiser doux, une main chaude et réconfortante posée sur sa joue.

— C'est pourtant très concret, il me semble, dit-il en renouvelant le baiser une deuxième, puis une troisième fois.

— Tu envisageais de monter au premier, lui rappela-t-elle tandis que son autre main se glissait sous elle et qu'il la réinstallait sur ses genoux.

— J'ai les meilleures idées du monde, souffla-t-il en se levant tout à coup, la contraignant à nouer les bras autour de son cou et à lui ceindre les hanches avec ses jambes tandis qu'il l'emportait vers l'escalier, grimpait dans sa chambre et refermait sur eux la porte.

9

Rowan resta pendue à son cou alors qu'il la déposait en douceur sur le lit. L'odeur et le contact des draps firent surgir en elle le souvenir de leur réveil, entrelacés, ce matin-là. Les longues jambes de Jonathan avaient enveloppé les siennes, et elle avait envie de retrouver ce contact avec lui, peau contre peau.

Elle tenta de glisser une main entre eux, mais il la tenait trop étroitement serrée, alors elle se contenta de promener les doigts sur son dos, sous le T-shirt.

Lorsqu'elle posa la main sur la ceinture de son jean, il s'écarta, le souffle court, et avant d'en perdre le courage, elle enleva et envoya valser son propre T-shirt, puis attira de nouveau Jonathan à elle, lui dissimulant ainsi son propre corps avant d'être gagnée par la gêne.

Désireuse de faire jeu égal, elle ôta le T-shirt de son partenaire. Elle serait moins gênée s'il était nu aussi. Il y eut quelques minutes de baisers mêlés de gestes hâtifs, de respirations entrecoupées et de gémissements étouffés alors que leurs vêtements valsaient loin d'eux. Et elle se retrouva à bout de souffle, avide et impatiente, alors que Jonathan la dévorait de baisers.

Elle le retint d'une main posée sur son torse, juste un instant, tandis qu'il s'apprêtait à prendre un préservatif dans le tiroir du chevet.

— Qu'est-ce qu'il y a ? demanda-t-il en posant son front sur le sien. Tu veux qu'on arrête ?

— Oh ! non ! dit-elle – ce qui lui valut un large sourire de satisfaction. Mais...

Elle hésita. Rien ne l'obligeait à parler, mais elle voulait le faire. Elle voulait qu'il sache ce que ceci représentait pour elle.

— Je ne l'ai jamais fait avant, lâcha-t-elle très vite de peur de se raviser.

Jonathan se figea, et elle gémit, persuadée qu'il allait s'écarter d'elle. Glissant les mains au creux de ses reins, elle le retint tout contre elle.

C'était sa première fois ? L'espace d'un éclair, il se sentit dépassé par cet aveu, puis réalisa que cela ne changeait rien, pas réellement. Il voulait que sa première fois soit parfaite. Mais il le voudrait aussi pour la deuxième, la troisième et toutes les autres ensuite. Rowan ne méritait rien de moins. Et si elle était sûre de vouloir aller jusqu'au bout, alors, de quel droit aurait-il questionné sa décision ?

Un instant, il resta ainsi, front contre front, et elle vit qu'il se mordillait la lèvre avant de parler.

— C'est bien ce que tu veux ? demanda-t-il. Tu en es sûre ?

— Tout à fait sûre, s'empressa-t-elle de dire, attrapant sa nuque pour l'embrasser. Je le veux. Je *te* veux, toi...

Ces paroles le touchèrent au cœur ! Il voulait Rowan. Il avait besoin d'elle. Il n'en doutait pas une seconde, malgré toutes les raisons qui, il en avait conscience, auraient dû le détourner de cette étreinte.

— Puisque tu le demandes si gentiment..., dit-il avec un gémissement rauque.

Elle vit ses traits tendus, et comprit qu'il maîtrisait avec peine son anxiété. Elle effleura sa mâchoire du doigt.

— Hé, murmura-t-elle, je ne suis pas en sucre, tu sais...

Ses lèvres vinrent remplacer sa main, se promenant sur sa mâchoire virile et gagnant sa bouche.

— Je ne veux pas te faire mal.

— Je sais. Et tu ne m'en feras pas, souffla-t-elle. Tu peux avoir confiance. En nous.

Le bruit de gorge qui s'échappa de lui tenait à la fois du rire et du gémissement quand il enfouit le visage au creux de son cou. Il aimait le goût de sa peau, il avait envie de l'embrasser partout, mais il n'allait pas précipiter les choses. Il ne voulait pas gâcher cette chance de la connaître, car cela pourrait être la dernière. Il prit son temps pour la découvrir, savoir ce qui précipitait sa respiration, ce qui la faisait gémir et se crisper, ses mains fines sur ses épaules viriles, l'implorant d'aller plus loin.

Quand aucune parcelle de son corps n'eut échappé à ses baisers et à ses caresses ; quand elle l'eut supplié, imploré, puis, dans sa frustration, qu'elle eut pris l'initiative, il entra lentement en elle, tandis qu'elle se cramponnait à ses épaules pour l'attirer dans un baiser ardent.

Elle hoqueta sous l'assaut de sensations inconnues d'elle, embrassa Jonathan encore et encore, avec une fièvre dont elle ne se serait pas crue capable. Lorsqu'il rompit la caresse, ce fut pour la regarder comme s'il contemplait quelque chose de rare et précieux. Et jamais il n'avait autant désiré une femme...

C'était infiniment plus intense qu'il n'avait osé l'imaginer. Sans doute avait-il toujours su qu'il en serait ainsi. Il avait le sentiment qu'ensemble, ils étaient beaucoup plus grands, beaucoup plus forts que séparés. Il sut, avec une certitude effrayante, qu'il n'aurait jamais cela avec une autre. Que, quoi qu'il ait pu découvrir avec Rowan cette nuit, cette alchimie unique n'appartenait qu'à eux.

Après l'amour, quand elle reposa entre ses bras, douce et alanguie, il refusa de penser à la suite de crainte de rompre le charme de ce rare moment de plénitude absolue.

10

Jonathan dormait encore lorsque Rowan se réveilla le lendemain matin, et elle s'autorisa à le contempler pendant quelques minutes. La nuit écoulée avait exaucé tous ses rêves et ses espoirs. Rowan avait été comblée, mais une ombre planait à présent sur elle. Car, après une telle nuit, quel chemin s'ouvrait à vous ? Cela ne pouvait être qu'un chemin déclinant, et elle ne pensait pas pouvoir accepter que quelque chose vienne ternir le souvenir de ces instants magiques. Elle voulait les préserver, intacts et épargnés. Si elle laissait se dérouler les choses sans en prendre tout de suite le contrôle, elle souffrirait. Elle en eut la certitude soudaine, et fut tout aussi sûre que si cela tournait mal, ce serait dévastateur.

La tête posée sur le torse de Jonathan, elle s'abandonna à l'instant, appréhendant ce qu'il lui faudrait faire ensuite : se lever, quitter ce lit, et dire à Jonathan qu'il ne pouvait y avoir de seconde fois.

Pour aller sous la douche, effacer de sa peau sa senteur virile, elle aurait à faire appel à toute sa volonté, et le simple fait de penser à ça aurait dû suffire à lui prouver qu'elle prenait la bonne décision. Ne serait-il pas pire encore de partir après une deuxième nuit comme celle-ci ? Une troisième ? Elle se refuserait à le faire, et donc il reviendrait à

Jonathan de mettre un terme à la relation. De la repousser. Et elle refusait de s'infliger ça une fois encore.

Pour le moment, elle devait avant tout se rappeler quelles étaient ses priorités : réparer son estime de soi mise à mal par le rejet de Jonathan tant d'années auparavant. L'oublier. Aller de l'avant.

Eh bien, son projet avait abouti. De belle manière, qui plus est. Elle se glissa hors du lit et passa quelques vêtements, puis se hâta d'aller à la salle de bains avant de changer d'avis.

La porte de Jonathan était toujours close quand elle fut douchée et habillée, et elle descendit au rez-de-chaussée pour le petit déjeuner sans s'autoriser à se demander si elle désirait l'y trouver ou pas. Elle en avait envie, bien sûr ; mais ce qu'elle ne voulait pas, ce qu'elle ne supportait pas, c'était l'idée d'être rejetée. Elle devait déclarer forfait avant d'avoir à souffrir, quelle que fût son envie de continuer.

— Salut, dit Jonathan quand elle entra dans la cuisine.

Elle tressaillit et laissa échapper un petit cri. Elle n'avait entendu aucun bruit dans la maison, et avait supposé qu'il était encore au lit, où elle l'avait laissé.

— Salut, répondit-elle d'une voix contenue, se sentant étrangement intimidée. Je ne pensais pas que tu étais levé.

— Quand je me suis réveillé, tu n'étais plus là.

Sous le regard intense de Jonathan, elle se sentit mal à l'aise.

— Il était tôt. Je ne voulais pas te déranger, mentit-elle, espérant qu'il la croirait.

— C'est ça, répondit-il, sans émotion dans la voix.

Il se rapprocha et, un instant, elle crut qu'il allait l'embrasser. Mais quelque chose dut le faire changer d'avis, car il s'écarta d'un pas.

— Alors… tu vas bien ? demanda-t-il. Après cette nuit ?

— Bien sûr, reconnut-elle. Je vais bien. Et toi ?

Il la fixa, et elle aurait donné n'importe quoi pour qu'il lui sourie, en cet instant.

— Donc, si tu es partie, ce n'est pas parce que quelque chose n'allait pas ? Je n'ai pas... Je...

— Tu as été parfait, dit-elle, comprenant soudain qu'il avait mal interprété son départ matinal.

Elle ne pouvait pas lui laisser penser ça, mais elle n'oubliait pas non plus ce qu'elle avait à faire. Elle prit une profonde inspiration et se força à prononcer les mots qu'il fallait.

— C'était agréable, Jonathan, et vraiment, vraiment...

Elle chercha le mot juste, mais elle n'aurait pas pu restituer ce que cela avait signifié pour elle sans trahir ce qu'elle éprouvait pour lui.

— C'était délicieux. Je suis heureuse que nous soyons amis, mais je pense qu'aller au-delà, ce serait trop compliqué, avec Liv et les affaires de famille... tu comprends ?

— Oh...

La mine de Jonathan s'allongea et, un instant, elle se demanda si elle ne l'avait pas bel et bien blessé. Puis elle se rappela que pour lui, la nuit n'avait pas eu la même signification que pour elle. C'était la surprise, et rien d'autre, qui avait peint cette expression sur son visage.

— Oui. C'est sûr. Tu as probablement raison, dit Jonathan, se frottant la nuque avec un drôle d'air.

Elle en vint à se demander s'ils n'auraient pas mieux fait de parler de leurs attentes *avant* de coucher ensemble, au lieu d'attendre le lendemain.

C'était absurde. La seule idée qu'elle pouvait blesser Jonathan était ridicule ! Il la regarda en plissant le front, et demanda de nouveau :

— Et tu es sûre que la nuit dernière... que ça allait ?

— C'était parfait, Jonathan, honnêtement. Il me semble qu'on ne devrait pas y attacher trop d'importance, c'est tout.

Elle se força à sourire.

— J'ai juste besoin... j'ai besoin d'aller de l'avant, acheva-t-elle.

« C'était parfait. »

Intérieurement, Jonathan se répéta encore et encore ces mots tandis que Rowan, emportant son assiette de toasts et son café, allait chercher Liv. Assis devant la table, il rejoua dans son esprit la nuit écoulée, qui avait tout d'un rêve. Pour lui, du moins. Il avait cru que Rowan avait joui de chaque instant tout comme lui, mais… Eh bien, il avait dû commettre quelque faute, sinon elle ne se serait pas esquivée à l'aube pour lui signifier ensuite à la première occasion qu'elle ne voulait surtout pas que cela se reproduise.

Il n'aurait pas dû s'empresser de passer à l'acte la veille, sans réfléchir aux conséquences. Sans peser le pour et le contre, ni discuter avec soin de ce que cela signifiait pour l'amitié de Rowan et de Liv, sans parler de sa propre relation avec sa sœur. Car, même si Rowan avait assuré que tout allait bien, il ne pouvait pas se dissimuler qu'elle avait eu avec lui un comportement étrange et gêné ; il avait le net sentiment de l'avoir blessée sans savoir en quoi.

Il se mit au travail dans la bibliothèque et leva les yeux avec surprise, plus tard dans l'après-midi, lorsqu'il entendit toussoter derrière lui. Rowan était sur le seuil, éclairée par le soleil qui, derrière elle, entrait à flots par les fenêtres du vestibule et éclairait ses cheveux à contre-jour, lui donnant un éclat presque surnaturel.

— Salut, que puis-je faire pour toi ? demanda-t-il, regrettant aussitôt cette tournure guindée.

— Je… euh, j'ai examiné les comptes que tu m'as envoyés, dit-elle. Je me demandais si tu voulais toujours en discuter. J'ai quelques idées.

— Oh ! tu es venue parler boulot.

Quand il réalisa que l'expression de ses traits révélait sa déception, il était trop tard. Rowan eut une grimace, et il devina que toute cette gêne lui faisait horreur à elle aussi.

— Si tu ne veux pas, après cette nuit, je comprends…

Avait-il réellement cru qu'elle était venue leur accorder une seconde chance après ce qu'elle avait dit dans la cuisine ? Après avoir quitté la chambre sans un mot au petit matin ? Il aurait peut-être dû aller la voir et demander à discuter de tout cela. Il savait qu'il valait mieux ne pas esquiver les conversations importantes !

Mais il s'était engagé dans cette étreinte en sachant qu'il ne pouvait pas se consacrer suffisamment à une partenaire pour que la relation fonctionne. Rowan méritait mieux. Elle méritait un homme moins accaparé, moins engagé par ailleurs. Il ne serait que trop facile pour lui de se laisser aller à prendre ce qu'il voulait d'elle et à ignorer qu'il lui était impossible de donner ce qu'elle méritait en retour. Elle leur avait rendu service à tous les deux en mettant fin à cet intermède. Une fin qui ne les blessait ni l'un ni l'autre.

Une heure plus tard, il avait le dos tout contracturé après être resté raide et immobile tandis qu'elle détaillait les options financières maintenant affichées sur son portable.

— Le problème, résuma-t-elle en parvenant à la fin de la feuille de calcul, est que tu ne peux pas continuer ainsi. Tu as bouché les trous, mais tu ne peux pas le faire indéfiniment. Nous devons te trouver une nouvelle source de revenus, mais il ne sera pas facile d'attirer les investisseurs dans une entreprise qui prend l'eau – pardon d'être si brutale. En revanche, si nous pouvons avancer un plan viable, nous aurons une bien meilleure chance d'obtenir les fonds dont tu auras besoin.

— À quoi penses-tu ? demanda-t-il en détournant les yeux de son ordinateur et en croisant son regard pour la première fois.

Elle ne semblait pas sûre d'elle depuis qu'ils avaient commencé à discuter de Kinley, et il devina ce que cela signifiait : il allait devoir s'apprêter à encaisser la suite.

Rowan, mains jointes, s'accouda sur le bureau. Elle avait

un air déterminé qu'il ne lui avait jamais vu, mais qui lui plaisait beaucoup.

— Tu sais que Liv est très excitée par ce que nous avons déniché sur l'ancienne marque de parfum. Eh bien, moi aussi. C'est exactement le genre de chose qui pourrait ferrer un investisseur. Les opportunités publicitaires sont intéressantes, et tu devrais vraiment envisager de faire appel à l'expertise de Liv. Elle a de l'expérience, le nom, et un talent certain. Elle sait comment susciter l'excitation autour d'une nouvelle marque. C'est une bonne idée, et je crois que tu le sais. Tes concurrents le font déjà et en tirent de sérieux profits.

Jonathan hocha la tête. Il était d'accord avec tout ce qu'elle avait dit. Et s'il avait été question d'une autre entreprise, il aurait répondu que le lancement était pour avant-hier. Mais il ne s'agissait pas seulement de business. Il ne pouvait pas se lancer dans une telle aventure sans y impliquer Caleb et Liv, or il s'était juré de n'en rien faire. De ne pas faire peser sur eux le fardeau de l'éventuelle faillite de l'affaire familiale par-dessus tout le reste tant que ce ne serait pas inévitable.

— Je sais que c'est un bon plan, lui dit-il. J'ai confiance en toi et en ton jugement. Mais je ne peux pas me lancer là-dedans sans révéler à Liv et à Cal le pétrin où se trouve Kinley. Ils ne devraient pas avoir à s'inquiéter de ça. Ils ont déjà assez souffert.

Rowan lui adressa un sourire compatissant. Il ne méritait pas sa pitié.

— Tu ne devrais pas avoir à t'inquiéter non plus, lui dit-elle. Pourtant, tu le fais. Et tu ne devrais pas avoir à porter ça tout seul. Laisse-les t'aider. Participer. Si l'entreprise appartenait à quelqu'un d'autre, tu les y encouragerais !

— Bien sûr.

Il avait eu la même pensée un instant plus tôt, et se faisait l'effet d'un hypocrite en s'opposant maintenant à Rowan.

— Je leur dirais de courir le risque, qu'ils n'ont pas d'autre choix. Mais si le plan échoue, ce sera à *moi* de regarder leurs équipes les yeux dans les yeux pour dire qu'ils n'ont plus de job. C'est moi qui annoncerai à mon frère et à ma sœur que l'affaire familiale s'est effondrée sous ma direction après plus d'un siècle d'existence. Nous pourrions tout perdre.

— Jonathan, dit-elle avec gentillesse, c'est ce qui arrivera si tu t'obstines.

Il secoua la tête, il devait bien y avoir un autre moyen.

— Mais si je...

— Quoi ? coupa-t-elle. Si tu trouvais encore un peu d'argent quelque part ? Ce serait un soutien pendant quelques mois et tu en reviendrais ensuite à la case départ.

Elle sourit avec bienveillance pour tenter d'amortir le choc. Il apprécia le geste, mais cela ne l'aida en rien, car il savait qu'elle avait raison. Elle posa une main sur son épaule et il s'autorisa à en accepter le réconfort, même s'il ne le méritait pas. Il ne pouvait pas continuer à la solliciter ainsi alors qu'il n'avait rien à lui donner en retour.

— Alors, je devrais arrêter de me battre ? dit-il d'une voix près de se briser.

— Tu devrais t'assurer d'avoir envisagé toutes les options avant de prendre une décision dans un sens ou dans l'autre, répondit-elle avec fermeté.

— C'est ce que tu as fait pour nous deux ? Considéré toutes les options avant de décider de te retirer ?

Il ne savait pas pourquoi il avait lâché ça, mais le poids du non-dit lui était soudain intolérable.

Rowan était si secouée qu'elle en resta muette pendant un moment.

— Je... C'est totalement différent, finit-elle par dire. On parlait boulot, là...

Il secoua la tête.

— Je ne peux pas me concentrer sur le travail alors que je

pense à la nuit dernière. Écoute, finit-il par dire, si on sortait un moment ? J'en ai assez d'être entre quatre murs, il y a trop de choses qui s'agitent dans ma tête pour que j'en tire quelque chose de sensé, et je ne peux pas te parler vraiment lorsque mon frère ou ma sœur pourraient débarquer d'une minute à l'autre.

Rowan le dévisagea, puis hocha la tête.

— D'accord. J'imagine que nous avons mérité une pause. Liv m'a dit qu'il y a un marché en ville, aujourd'hui. J'aimerais bien y jeter un coup d'œil.

— Parfait, dit Jonathan en refermant son ordinateur portable. Je te rejoins dans le vestibule dans cinq minutes.

11

Mais quelle idée stupide ! Son plan était d'oublier Jonathan et d'*aller de l'avant*. Car il ne serait jamais l'élu, et elle ne serait jamais l'élue pour lui. Il avait eu cent fois l'occasion de tomber amoureux d'elle et n'en avait jamais saisi aucune. Il aurait été téméraire de s'éprendre de lui, et elle en avait conscience. Elle n'aurait jamais dû céder au désir, la veille.

Mais elle n'arrivait pas à regretter quelque chose d'aussi parfait. Quelque chose qui lui avait semblé, sur le moment, si naturel et juste.

Alors, au lieu de garder ses distances comme elle se l'était promis, elle avait passé la matinée à examiner les comptes de Jonathan pour tenter de se distraire tandis que Liv dormait, consacré encore deux heures d'entretien à lui expliquer ce qu'elle avait déduit, et maintenant, voici qu'elle prenait son sac à dos et mettait un peu de baume à lèvres pour aller voir avec lui des antiquités, des fromages du cru et de l'artisanat local !

Ils empruntèrent la longue allée gravillonnée en direction de la ville, et Rowan ne savait quelle contenance adopter. C'était idiot. Si elle avait envie de lui prendre la main, elle pouvait tout simplement le faire. Mais elle savait au fond que si elle voulait éviter d'avoir le cœur en miettes, le seul moyen était d'essayer d'effacer la nuit dernière. Comme si elle ne s'était jamais produite. Elle avait clairement expliqué à Jonathan qu'il valait mieux rester amis, et rien de plus.

Ils marchaient dans un silence inconfortable, à peine rompu par le bruissement des feuilles agitées par le vent et le gazouillis des oiseaux. Elle jeta un coup d'œil vers Jonathan, s'aperçut qu'il la regardait aussi et rougit comme une écrevisse.

— Écoute, fit Jonathan alors qu'ils parvenaient aux premières maisons à l'orée de la ville, si tu ne veux pas parler de ça, dis-le. Mais s'en tenir à une seule nuit... est-ce vraiment à cause de Liv ? Ou à cause de moi ? Est-ce que j'ai fait quelque chose ?

— Quoi ? Mais non ! répondit Rowan, sincèrement surprise qu'il puisse se croire responsable. Je crois seulement que ce serait trop compliqué.

— Mais tu savais bien hier que ce serait compliqué ! souligna-t-il, non sans raison. Je ne m'oppose pas à toi et je ne cherche pas à te faire changer d'avis. J'aimerais seulement comprendre ce qu'il s'est passé depuis.

Pour la première fois, elle eut honte de s'être engagée en sachant que ce serait temporaire sans s'être souciée de savoir si Jonathan avait la même intention. Il avait signifié avec clarté, la première fois, que son intérêt pour elle avait des limites – ce n'était qu'une attirance, rien de plus profond. Elle ne s'était même pas doutée qu'elle avait le pouvoir de le blesser. Comment l'aurait-elle su, alors que jusqu'ici, c'était lui qui avait causé la souffrance ?

Il était atteint dans son orgueil, voilà tout, se dit-elle alors qu'ils traversaient le pont enjambant un petit cours d'eau. Ce n'était pas une vraie souffrance. Pas comme la blessure qu'il lui avait infligée. Dans quelques jours, il l'aurait oubliée. Il ne conserverait pas ce souvenir pendant des années au point d'avoir à commettre un acte radical pour s'en remettre. Alors, pourquoi se sentait-elle coupable ?

Ils avaient rejoint la place du marché, avec en son cœur une croix en pierre érodée par son exposition multiséculaire aux éléments, aux marches lissées par l'usage. Tous les stands avaient des auvents à rayures bleues et blanches, et attiraient tous beaucoup de chalands. L'odeur de café venue d'un petit camion rivalisa, pour attirer son attention, avec le *plop !* sonore d'une bouteille de Prosecco tout juste ouverte dans le bar éphémère installé au centre de la place.

Elle se tourna vers Jonathan.

— Je crois qu'il vaudrait mieux qu'on oublie ça.

Il la dévisagea fixement.

— Quoi ? dit-elle.

— Je ne pensais pas que cette journée se passerait comme ça, finit-il par dire en se pinçant l'arête du nez.

— Ah ? Et à quoi t'attendais-tu ? demanda-t-elle, décidée à le mettre au pied du mur. Tu avais l'intention de me demander d'être ta petite amie ?

— Nous... je... non. Euh... Je croyais avoir été clair...

Jonathan balbutiait, et Rowan lui adressa un sourire bienveillant en l'entraînant vers un des stands.

— Allons, viens, dit-elle comme si elle ne souffrait pas d'avoir à être celle qui devait le repousser, ne nous disputons pas. Il y a des tas de choses à découvrir. Par quoi veux-tu commencer ?

Le stand situé derrière eux regorgeait d'olives d'une infinité de variétés. Celui d'à côté exhibait des meules de fromage, et le suivant des roulés de saucisse et des *scotch eggs* gros comme le poing. Quand ils atteignirent le stand d'antiquités au bout de la rangée, ils avaient tous les deux de petits sacs en papier remplis de délices à rapporter à la maison. Et Rowan se permit d'imaginer qu'elle pourrait revenir avec joie dans ce marché chaque semaine de sa vie, et en être parfaitement satisfaite. Puis elle tenta de repousser ces idées, parce qu'un tel tableau n'avait aucun sens si Jonathan n'en faisait pas partie, or elle lui avait signifié qu'il ne se produirait jamais rien de tel.

De son mieux, elle secoua sa mélancolie, et regarda les antiquités – si on ne le faisait pas quand on se trouvait dans les Cotswolds, alors quand ?

Elle lâcha un cri étouffé quand les verreries décoratives disposées au fond d'un stand attirèrent son attention.

— Oh ! mince, est-ce que ce sont... ?

— Des flacons de parfum ? acheva à sa place Jonathan, suivant la direction de son regard.

Il s'en assura auprès du marchand, puis en prit un et le remit à Rowan. Elle souleva le bouchon et huma le flacon, dans l'espoir de capter les effluves du parfum qu'il avait autrefois contenu. Il y avait une demi-douzaine d'autres flacons anciens, de diverses sortes. Certains en verre taillé, d'autres en verre teinté. L'un d'eux était décoré d'une couronne de minuscules fleurs en céramique.

— Ils sont si beaux ! dit-elle avec un sourire. C'est un signe, tu crois ?

Jonathan lui sourit, et elle eut le sentiment qu'il cherchait quand même à lui faire plaisir.

— Peut-être. Nous devrions les rapporter à la maison pour Liv. Sauf celui-ci, dit-il en s'emparant du flacon qu'elle tenait et en le remettant au propriétaire du stand. Il est pour toi.

Elle eut un grand sourire, sans pudeur, et il lui était bien égal de porter son cœur en bandoulière. C'était trop tentant d'être gâtée par Jonathan comme si elle comptait pour lui. Mais elle ferait mieux de ne pas oublier qu'elle finirait par souffrir si elle s'autorisait de telles pensées. Tôt ou tard, il la repousserait, et elle n'y survivrait pas une deuxième fois.

Ils déambulèrent entre les autres stands, en quête de petits trésors, et lorsque les rayons du soleil atteignirent le haut du toit du café à l'autre bout du marché, Rowan suggéra qu'ils rentrent.

— Parle-moi un peu de ta course, lui dit Jonathan tandis qu'ils prenaient le chemin du retour, franchissaient le pont et quittaient la ville.

Elle sourit, pour le moment plus excitée que nerveuse à la pensée du marathon qui l'attendait. La nervosité viendrait plus tard, quand elle s'agiterait et se retournerait dans son lit la veille de la course. Comptant les heures jusqu'à la sonnerie du réveil à 5 heures du matin.

— Le départ a lieu très tôt, le prévint-elle, et c'est une course qui dure longtemps. Je n'insisterai pas pour que tu viennes, si tu as changé d'avis. Si tu n'avais pas vraiment compris à quoi tu t'engageais en te portant volontaire pour me soutenir.

— Mais non, voyons, dit-il en la prenant doucement par le coude. Je veux seulement en savoir un peu plus. Savoir pourquoi tu adores ça. Personnellement, ça me fait l'effet d'une séance de torture. J'ignorais que c'était ton péché mignon, plaisanta-t-il.

— Oh ! je ne sais pas, je n'en ai jamais vraiment fait l'expérience, répliqua-t-elle avec un regard vif qui le fit rougir, puis rire.

Il lui donna un petit coup d'épaule, alors elle continua à parler.

— C'est un parcours de cent kilomètres. Je n'ai couru que des marathons classiques jusqu'ici, alors il est plutôt difficile de juger de mes capacités. En attendant, il va falloir que je me repose dans un fauteuil pour préserver mon énergie.

— Tu cours toute la nuit, c'est ça ?

— Oui. Avec une lampe frontale et une carte topographique. Et une boussole. Ça peut être un peu dangereux, mais jusqu'ici, j'ai toujours réussi à gagner la ligne d'arrivée.

— Et tu cours tout le long ?

Rowan haussa les épaules.

— Ça dépend de ma forme. Je marcherai peut-être pour

franchir les plus hautes collines, pour ménager mes jambes. L'important, c'est de continuer d'avancer.

— Et que faudra-t-il que je fasse ? Te passer des barres énergétiques et des bouteilles d'eau ?

Elle hocha la tête.

— Et veiller à ce que mon mobile reste chargé, me fournir des chaussettes de rechange. Mais... Liv sait quand m'encourager et quand m'écouter... elle connaît mes limites. Elle sait de quoi je suis capable.

— Je ne te connais pas aussi bien qu'elle, observa Jonathan, inquiet pour la première fois.

— C'est vrai. Mais... il y a un lien entre nous, non ? Je te fais confiance pour savoir de quoi j'aurai besoin.

Les mots atteignirent Jonathan en plein cœur.

Rowan lui faisait confiance pour savoir de quoi elle aurait besoin ! Il se pourrait qu'il ait à passer pour elle un appel qu'elle ne pouvait pas passer elle-même.

Cette pensée aurait dû le remplir d'appréhension. Il aurait dû s'éloigner immédiatement d'une femme qui disait avec franchise qu'elle avait besoin de lui. Sur le papier, ça avait l'allure d'une obligation. D'un fardeau. Mais ce n'était pas son ressenti. Il avait le sentiment que c'était quelque chose qu'il ferait volontiers parce qu'ils formeraient une équipe. Et il savait qu'elle en aurait fait autant pour lui. Était-ce ce dont elle avait voulu parler ? En voyant en lui celui qui maintenait des relations à sens unique. Qui avait des secrets pour Liv afin de la protéger et qui, par voie de conséquence, se coupait de sa famille, qui aurait dû être son plus grand soutien.

Ils achevèrent le trajet en silence tandis qu'il songeait à tout ce que Rowan avait dit, et aux diverses pistes qu'elle avait suggérées pour l'avenir.

— Alors, tu me fais confiance pour ça mais pas pour...

Il laissa la phrase en suspens, mais elle savait exactement

de quoi il parlait. Il ne pouvait pas lui reprocher d'avoir voulu établir avec clarté les frontières à ne pas franchir ; mais il ne pouvait pas se déprendre d'une profonde tristesse à l'idée que la nuit précédente ne se renouvellerait pas. Car il avait eu le sentiment que c'était un début, et non une fin.

Il se raisonna. Ils n'étaient ici que pour quelques jours encore, alors pourquoi ne pas profiter de cette parenthèse pour vivre pleinement leur idylle ?

Elle se tourna vers lui.

— Vas-y, parle ! À quoi penses-tu ?

— Je pense... que nous partons dans quelques jours, et qu'ensuite...

— ... nous ne nous reverrons pas, acheva-t-elle à sa place.

Il acquiesça, content de les savoir sur la même longueur d'onde. Car soudain, la pensée que tout ce qu'il avait partagé avec Rowan serait révolu, qu'ils étaient destinés ensuite à s'éloigner de plus en plus l'un de l'autre, le remplissait de tristesse.

— C'est ça, dit-il. Donc, nous pourrions... profiter d'être ensemble et ensuite, mettre un point final à notre histoire. Si nous le voulions.

Il l'observa avec attention, un léger sourire aux lèvres.

— Et c'est ce que tu veux ? poursuivit-elle. Quelque chose de temporaire ? Qui nous permettrait de mettre un point final très bientôt.

Non ! Ce n'était pas ce qu'il voulait, seulement ce qu'il lui était permis de tenter. Tout ce qu'il se sentait autorisé à s'accorder. Il hocha la tête.

— Oui. On profite d'être ensemble tant qu'on est ici, puis on redevient amis. OK ?

Elle réfléchit encore un instant.

— Définis « profiter d'être ensemble », finit-elle par dire avec une lueur de défi dans le regard.

Il fit un pas vers elle et lui saisit le menton entre le pouce et l'index pour l'amener à le regarder dans les yeux.

— Tu as le visage en feu, dit-il d'un ton sévère. Dis-moi plutôt ce à quoi toi, tu pensais.

De nouveau, il vit sa bouche frémir.

— Je ne pensais à rien du tout. Si je suis rouge, c'est parce qu'il fait très chaud, prétendit-elle en renversant la tête vers le soleil. Je crois que j'ai besoin de me rafraîchir. Je prendrai peut-être une douche en arrivant.

En un éclair, il imagina la scène. L'eau ruisselant sur les cheveux de Rowan, sur ses seins, le long de son ventre... Elle aurait le dos tourné, les yeux clos, attendant que ses bras virils viennent l'enlacer et l'attirent à lui. Il lui semblait sentir le carrelage frais sous ses pieds, puis sa peau douce et le glissement suave de la mousse savonneuse...

Il la prit par la main, heureux qu'elle puisse soutenir le rythme de son sprint quand il l'entraîna dans l'allée.

— Mais que fais-tu ? demanda-t-elle en riant.

— Je t'emmène prendre ta douche, répondit-il avec le plus grand sérieux.

Elle sourit d'un air mutin.

— Je laisserai la porte ouverte...

12

Ils ne redescendirent pas au rez-de-chaussée, après la douche. Dieu seul savait ce que pensaient Liv et Caleb, songea Rowan en s'habillant, le lendemain matin. En fait, ils avaient sans doute une idée précise, et c'était pourquoi ni l'un ni l'autre n'avait posé de question. Tout de même, elle supposait qu'elle devrait parler avec sa meilleure amie à un moment ou un autre, déterminer ce qu'il en était de leur amitié maintenant qu'elle couchait avec son frère...

Car c'était bien ainsi qu'il fallait désormais décrire leur relation. Si elle s'était raconté qu'elle pourrait aller de l'avant une fois qu'elle se serait délivrée de son obsession pour Jonathan, elle en avait fini avec les faux-semblants. Il avait fait valoir que cette semaine parviendrait naturellement à sa fin, et elle n'allait pas discuter ce point avec lui. Ce n'était pas différent d'un amour de vacances, qui s'achevait avec la fin de l'été, songea-t-elle.

Au lit, ce matin, Jonathan et elle avaient mis au point un plan pour faire part à son frère et à sa sœur des problèmes de Kinley et proposer des solutions. Jonathan allait expliquer les difficultés financières auxquelles était confrontée la maison de couture.

— Alors, c'est pour ça ? dit Liv, avec un mouvement de recul au moment où ils prirent place autour de la table de cuisine. Tout ça pour m'annoncer que je vais avoir une belle-sœur ?

Elle eut une sorte de rire forcé, comme si elle se préparait à entendre quelque chose de déplaisant. Jonathan rougit et jeta un regard oblique à Rowan, qui leva les yeux au ciel.

— Il s'agit de Kinley, dit-il, allant droit au but. De ton idée au sujet du parfum. Je veux l'explorer et j'aimerais que tu t'en charges. Je suis assez confiant, mais il y a des choses que vous devez savoir d'abord.

— Au sujet des parfums ? lança Caleb, dubitatif.

— Au sujet de notre maison de couture. Il se passe des choses dont je ne vous ai pas parlé, et j'aurais dû le faire plus tôt. Il n'y a plus d'argent dans les caisses, et si nous voulons lancer une nouvelle ligne de produits, il nous faudra trouver un financement externe, et ce ne sera pas facile car l'entreprise traverse une mauvaise passe.

— Comment ça ? demanda Liv en plissant les yeux.

Rowan espéra que son amie pourrait se contenir assez longtemps pour que Jonathan puisse donner sa version de l'histoire.

— Eh bien... c'est un sacré pétrin, dit-il avec un soupir.

Liv prouva une fois de plus qu'elle connaissait son aîné mieux qu'il ne le croyait.

— Et tu as essayé de régler ça tout seul, ce qui explique que tu ne nous en parles que maintenant ?

Jonathan hocha la tête.

— J'ai recouru à mes économies pour nous maintenir à flot, mais ce n'est plus tenable.

La lumière parut se faire dans l'esprit de Liv.

— Alors c'est pour ça que tu vends le manoir ! Tu as besoin de liquidités.

— Je ne peux plus me permettre de le garder. Et je pourrai utiliser les bénéfices de la vente pour renflouer l'entreprise.

Ce n'est pas mon désir, pas plus que tout le reste, mais il n'y a pas d'autre moyen.

— Nous avons des économies, Cal et moi, objecta Liv. Si on les utilisait et qu'on gardait le manoir ?

— Et puis tu sais, j'ai une réserve, suite à un investissement dans le bitcoin il y a quelque temps, ajouta Caleb.

Tous le dévisagèrent avec des yeux ronds, puis Jonathan dit en secouant la tête :

— Je ne peux pas vous laisser engloutir vos économies dans l'entreprise.

— Pourquoi pas ? objecta Liz, s'enflammant un peu. Tu l'as bien fait, toi ! Tu supposes que Kinley a moins d'importance à nos yeux qu'aux tiens ?

— Cet argent est pour votre avenir, fit valoir Jonathan avec fermeté.

Rowan sentit quelle direction la conversation allait prendre, et elle ne savait pas très bien comment arrêter ça. Devait-elle s'en mêler ?

— Nous sommes libres de décider quoi faire de notre héritage, souligna Liv. Je ne trouve pas très équitable de ta part de vouloir m'empêcher d'investir dans l'entreprise familiale. *Notre* entreprise. C'est moi qui ai eu l'idée du parfum. Le moins que tu puisses faire est de me permettre de tenter l'aventure !

— Et si tu perds tout ? J'essaie de te protéger, dit gentiment Jonathan à sa sœur.

Rowan posa la main sur l'épaule de Jonathan.

— Soufflons un peu, intervint-elle en regardant tour à tour les membres de la fratrie. Jonathan, je ne crois pas que tu puisses dire à ton frère et à ta sœur ce qu'ils doivent faire de leur argent. S'ils veulent insuffler des fonds dans Kinley, quels meilleurs investisseurs pourrais-tu trouver ? Abordons ça comme n'importe quelle autre décision d'affaires. Nous allons établir un plan de développement et voir à quoi ça nous mène. Être aussi objectifs que possible. Si tu décides de chercher des investisseurs, je pense que tu devrais laisser leur chance à Liv et à Cal, s'ils y sont décidés.

Là-dessus, elle retint son souffle, guettant les réactions. Jonathan allait-il permettre à ceux qu'il aimait de l'aider pour une fois, au lieu de les tenir à l'écart ?

— Très bien, dit Jonathan après un long silence. D'accord. Chiffrons ça et faisons un véritable business plan. Et si vous voulez courir le risque, alors, je ne vous en empêcherai pas.

Rowan laissa échapper un léger soupir de soulagement. Il allait donc essayer ! C'était un début.

Quand Cal et Liv montèrent à l'étage en bavardant entre eux, la laissant seule avec Jonathan, elle fut prise de l'envie soudaine de passer la main dans ses cheveux et d'effacer sa mine chagrine d'un baiser. Mais elle voyait, à la raideur de ses épaules, que ce n'était pas ce qu'il lui fallait en cet instant.

— Je crois que ça s'est bien passé, non ? risqua-t-elle.

Elle marqua un léger recul lorsqu'il leva vivement les yeux sur elle, signifiant qu'il n'était pas de cet avis.

— Mon but n'était pas qu'ils perdent leur propre argent là-dedans ! dit-il, acerbe.

— Tu ne croyais pas qu'ils voudraient aider ?

Comment avait-il pu ne pas voir à quoi aboutirait la suggestion ?

— Je refuse qu'ils dilapident leur héritage. Je n'aurais jamais fait cette suggestion si j'avais su que ça tournerait comme ça.

Elle soupira. S'il avait paru vouloir renoncer à se sacrifier, en ce moment il montrait sa personnalité profonde, qui n'apparaissait pas du tout ouverte au changement !

— Jonathan, à un moment donné il va falloir accepter qu'ils sont adultes et ont le droit de décider par eux-mêmes, de courir leurs propres risques. Cal a un magot en bitcoins dont personne ne se doutait ! Tu devrais tout de même te réjouir d'avoir des investisseurs bien disposés et aussi impliqués que toi, non ? Tu ne pourrais pas trouver meilleurs partenaires. Tu n'as pas le monopole de la sauvegarde de Kinley et de l'héritage familial, tu sais.

— Ce ne sont pas mes partenaires ! s'exclama-t-il en se levant pour contourner la table jusqu'à elle. Ce sont mes...

— Tes quoi ? répliqua-t-elle alors qu'il n'achevait pas sa phrase. Ce ne sont pas tes enfants ! Tu n'es même plus responsable d'eux. En tout cas pas plus qu'ils ne sont responsables de toi. Pourquoi t'est-il impossible d'admettre qu'ils sont capables de prendre leurs propres décisions ? De les laisser te donner un coup de main, pour une fois. Tu ne consens même pas à ce qu'ils empêchent la faillite de votre entreprise. Es-tu trop fier pour accepter qu'on t'aide ? Nous sommes là, Jonathan. Je suis là. Pour toi. Nous t'aimons – je t'aime, et je veux t'aider, mais tu ne me le permets pas. Tu as le droit d'accepter un soutien. Tu as le droit d'autoriser les gens à t'aimer, et ça ne fait pas de toi un raté !

Voilà, elle avait lâché ce qu'elle avait sur le cœur. Tout ce qu'elle avait toujours voulu lui dire, et plus encore. Elle lui avait dit qu'elle l'aimait. Elle ne se l'était même pas avoué à elle-même avant que les mots lui échappent dans sa tentative désespérée pour l'amener à s'aider lui-même !

— Mais je ne veux pas de ça, Rowan, dit Jonathan d'une voix brisée. Je ne peux pas te laisser m'aimer, et je ne veux pas te rendre ton amour. Tu ne serais jamais qu'une autre personne à laquelle je ferais défaut quand tout s'écroulera !

Ce n'était pas ainsi qu'étaient censées se passer les choses, pensa Jonathan. Il devait protéger sa famille. Protéger l'entreprise. Protéger Rowan en gardant ses distances avec elle. C'était son rôle. Et va savoir comment, en quelques jours, il avait tout aggravé sur les trois fronts. S'il avait cru, avant, que l'enjeu était trop grand, ce n'était rien par rapport à la situation actuelle, après que son frère, sa sœur et Rowan l'avaient convaincu de prendre un risque qu'il ne pouvait sans doute pas se permettre.

C'était pour ça qu'il avait fait des sacrifices. C'était pour ça qu'il s'était arraché à Rowan la première fois qu'il l'avait embrassée.

Puis il avait été assez idiot pour oublier. Pour se convaincre que, tant qu'il était ici, à l'écart de sa vraie vie, il pouvait s'accorder... ce qu'il s'était accordé. Il avait maintenu une proximité avec Rowan, refusant de reconnaître qu'entre eux ça ne marcherait jamais. Que cela ne pourrait pas durer une fois qu'ils seraient partis d'ici.

Il n'avait même pas été capable de vivre cette aventure jusqu'au bout sans tout gâcher !

Le pire était que Rowan était amoureuse de lui. Ou croyait l'être. Du temps où il était convaincu que seul son cœur était dans la balance, il n'aurait pas pensé qu'il pourrait blesser aussi profondément Rowan, et aussi vite. Tout était sa faute, bien sûr. Il ne devait jamais sous-estimer le mal qu'il pouvait faire aux personnes les plus proches de lui.

— Je suis navré, Rowan. Nous avons dit que nous pouvions profiter de nous tant que ça durerait, tant que nous serions ici. Mais ça n'a fait que prouver ce que je pensais avant qu'on se lance : cela ne pourrait pas marcher. Je n'aurai jamais assez de place dans ma vie pour te donner ce que tu mérites, et c'était stupide de ma part de l'avoir tenté.

13

« Je ne veux pas te rendre ton amour. »

Cette phrase n'aurait pas dû lui causer un tel choc. Elle avait su, depuis toujours, que ce qui la reliait à Jonathan était précaire. Elle était parvenue à se convaincre que Jonathan ne supporterait pas de la quitter, et avait manqué l'occasion de partir avant qu'il lui fasse du mal.

Elle lui avait dit qu'elle l'aimait, et cela n'avait pas eu le moindre effet sur lui. Cela ne l'avait pas du tout ému – et elle en était anéantie.

Le pire était qu'elle ne pouvait même pas lui en vouloir, car elle savait à quoi s'attendre. Elle s'était fiée au fait qu'elle s'engageait en sachant ce qu'elle faisait, sûre qu'elle saurait garder toute sa tête et prendre des décisions rationnelles… Quelle illusion !

— Tu sais quoi ? C'est très bien comme ça, mentit-elle. Nous savions que ça ne durerait que quelques jours, alors, oublions ça. Tournons la page.

— Ne joue pas la comédie avec moi, rétorqua Jonathan. Tu viens de me dire que tu m'aimes. Ne feins pas de ne pas être blessée pour m'épargner.

— Bon sang, Jonathan, arrête de vouloir arranger les choses ! Tu ne veux pas de moi. Très bien. Je voulais seulement avoir la possibilité d'aller de l'avant et oublier ce baiser. Eh bien, je n'ai plus qu'à apprendre de mes erreurs, maintenant.

— C'est ce que ça représentait pour toi ? Une occasion de me rejeter et d'avoir ta vengeance ? demanda-t-il d'une voix dure.

Il se montrait plutôt partial. Elle n'avait pas d'illusions sur les erreurs qu'elle avait commises. Mais elle n'avait pas rompu de sa propre initiative cette... aventure. Elle ne l'avait pas du tout fait, en réalité.

— Je ne vois pas en quoi je suis le méchant de l'histoire, continua-t-il, si ça n'a jamais été important à tes yeux !

— Je n'ai jamais dit que ce n'était pas important ! objecta-t-elle, mais je ne m'attendais pas à ce que tu éprouves la même chose.

— Tant mieux, parce que je ne ressens *pas* la même chose. Ce que je ressens quand nous sommes ensemble me fait horreur, dit Jonathan, comme s'il avait délibérément choisi la réplique la plus dévastatrice.

Rowan accusa le coup, physiquement. Elle recula d'un pas, regarda le seuil par-dessus son épaule en se demandant si elle n'aurait pas mieux fait de laisser la question sans réponse. Elle aurait dû s'en aller et rester dans sa bienheureuse ignorance.

— Je voudrais pouvoir t'aimer comme tu mérites de l'être. Mais je ne peux pas. Il ne me reste pas grand-chose à donner, et je ne pourrais jamais te demander de te contenter d'aussi peu.

Elle lâcha un petit soupir agacé. Car enfin, ne pouvait-il pas, pour une fois, lui parler de ce qu'elle voulait au lieu d'en décider à sa place ?

— « Me demander » ? répondit-elle avec dérision. Je ne me rappelle pas que tu m'aies demandé quoi que ce soit. Je me souviens de tout un tas de suppositions de ta part sur ce que je pourrais vouloir ou pas.

Jonathan la dévisagea un moment, et elle se demanda ce

qu'il avait du mal à saisir dans les propos qu'elle lui avait tenus. Pour finir, il se rassit, appuyé contre le bord de la table.

— Ah ? Et tu as agi différemment quand tu es partie, après notre première nuit ?

Là, il faisait mouche, et si elle rougit cette fois, ce fut de honte. Était-ce donc elle qui avait tout gâché ? Par manque de confiance, parce qu'elle n'aurait pas juré qu'il lui épargnerait un nouveau rejet ?

— Je suis désolé, Rowan. Si tu savais comme je voudrais qu'il en aille autrement !

— Et moi donc ! Aimer, ça signifie accepter que l'être aimé veille aussi sur toi. Je voudrais que tu le comprennes. J'aimerais que tu saches que nous aurions pu avoir une relation merveilleuse si tu avais voulu te faire confiance. Me faire confiance...

Rowan avait mal pour lui. Mal pour cet homme bienveillant, aimant, qui ne se jugeait pas à la hauteur. Qui donnait tant de lui-même sans avoir conscience de pouvoir prendre aussi. Cela lui brisait le cœur, parce qu'elle avait tout mis en jeu afin d'avoir une chance d'aller de l'avant. De croire enfin qu'elle pourrait aimer un jour, que son cœur n'appartiendrait plus tout entier à Jonathan. Elle savait maintenant que c'était impossible.

14

Rowan l'évitait, se dit Jonathan le lendemain matin. Il ne pouvait pas l'en blâmer après tout ce qu'il lui avait dit la veille. Il avait vu son expression lorsque ses paroles avaient porté, et il était conscient de l'avoir blessée, même s'il essayait alors de la protéger contre lui-même. Il devait la laisser tranquille. Il ne pouvait pas lui offrir ce qu'elle voulait – ce qu'ils voulaient tous deux – et cela n'aurait fait qu'aggraver les choses de remuer le couteau dans la plaie. Pourtant, il ne pouvait pas supporter qu'ils ne s'adressent pas la parole alors qu'ils vivaient sous le même toit.

Il n'avait que quelques jours avec elle, et même s'ils ne les passaient pas au lit, comme il s'était permis de l'espérer, cela ne signifiait pas qu'il ne voulait plus du tout la voir.

Sans doute était-il égoïste d'aller la trouver dans sa chambre juste pour la voir, lui parler, vu qu'il n'allait pas changer d'avis. Il se retrouva pourtant devant sa porte, car être là où elle n'était pas était au-dessus de ses forces.

Rowan examina le contenu de ses sacs pour l'ultra-marathon. Elle allait mieux depuis que Jonathan et elle, enfin, avaient été tout à fait francs l'un envers l'autre. Au moins, elle avait maintenant la certitude absolue qu'ils n'avaient aucun avenir ensemble. Jonathan ne voulait même pas tomber amoureux d'elle parce qu'il considérait l'amour comme un fardeau ! S'il s'éprenait d'elle, elle ne serait qu'une personne de plus à prendre en charge. Il n'avait jamais envisagé qu'en cas d'amour réciproque elle donnerait peut-être autant qu'elle prendrait.

N'aurait-elle pas dû se sentir… mieux, maintenant qu'elle était fixée ? Elle considéra les sacs étalés sur le lit de Liv, contenant des en-cas, des vêtements de rechange, des pansements pour ampoules et des piles électriques : un sac pour chacun des arrêts aux postes de ravitaillement jalonnant sa route. Ce serait sa première course sans partenaire de soutien. Elle n'avait pas demandé à Jonathan s'il avait changé d'avis, il avait signifié clairement qu'il ne voulait pas avoir à veiller sur elle, et elle ne le voyait pas passer toute une journée en pleine nature après la dispute qu'ils venaient d'avoir.

Il était essentiel qu'elle n'oublie rien. Elle aligna les sacs et dénicha la liste qu'elle établissait toujours avant une course, mais elle eut beau essayer de se concentrer, son esprit vagabondait.

Elle n'aurait pas cru possible de passer de l'espoir à l'abattement total en un seul jour. Il lui en faudrait des séances de thérapie une fois de retour à Londres !

Livrée à elle-même, comment avait-elle cherché à réparer son estime de soi ? Elle avait couché avec un homme qui l'avait déjà rejetée, ne voulait pas d'elle aujourd'hui ; elle avait rendu toutes les relations encore plus compliquées, puis était tombée amoureuse de lui. Quel thérapeute aurait fait pire ?

Elle entendit des pas dans le couloir et, levant les yeux, vit Jonathan sur le seuil. Ils s'étaient soigneusement évités depuis leur dispute. Elle ne pouvait toujours pas se résoudre à le regarder dans les yeux. L'air tout aussi mal à l'aise qu'elle, il hésita quelques instants sur le seuil, et elle se demanda s'il allait revenir sur ce qu'ils s'étaient dit.

— Tu vérifies ton équipement ?

— C'est demain le grand jour, dit-elle avec un sourire factice.

Elle ne voulait pas laisser voir qu'elle souffrait. C'était le seul contrôle qu'il lui restait. Il s'approcha d'elle et lui prit la liste des mains, gentiment, sans tenir compte de ses protestations contenues.

— Tu as déjà fait tout ça, dit-il en examinant ce qu'elle avait coché. Apparemment, tu as ce qu'il te faut.

Elle hocha la tête. Elle pouvait parler de la course. C'était plus sûr que de parler de… de n'importe quoi d'autre, à vrai dire.

— Je crois, répondit-elle. J'ai seulement besoin d'être bien sûre de savoir où se trouve chaque chose. Si je n'arrive pas à trouver ce dont j'ai besoin demain…

— Je le trouverai pour toi, dit-il en fronçant les sourcils. C'est à ça que je sers, non ? Sauf si tu ne veux pas que je vienne après…

— Je supposais que tu ne voudrais pas venir, coupa-t-elle, étonnée qu'il soit toujours prêt à sacrifier son samedi pour elle après tout ce qui s'était passé.

Elle savait que sa souffrance venait de percer dans sa voix. Eh bien, tant pis ! Elle n'allait pas faire semblant de ne pas avoir mal. Elle avait offert tout ce qu'elle avait à donner à Jonathan, et il avait eu trop peur pour le prendre. Trop peur, même, pour s'autoriser à le vouloir. Elle avait le droit d'être blessée.

— Rowan, nous restons amis, dit-il, même si ces derniers jours n'avaient pas semblé très amicaux. Je veux être là pour toi.

— Mais moi, je ne suis pas autorisée à être là pour toi ?

demanda-t-elle. C'est trop déraisonnable de penser que ça pourrait être réciproque, qu'on pourrait former une équipe ?

Elle le regarda droit dans les yeux, refusant de battre en retraite. Car elle avait décidé que c'était important. Autrefois, elle lui avait caché ses sentiments pour lui, et cela avait abouti à des années de malentendu et de gêne. Elle ne recommencerait pas.

— Je ne peux pas revenir là-dessus, dit-il. Je t'accompagnerai demain. Concentre-toi sur ta course. Si tu veux rediscuter quand elle sera finie, on pourra le faire à ce moment-là.

Elle le considéra, et comprit qu'elle n'en tirerait rien de plus. Il paraissait totalement vidé.

— D'accord.

Le fait qu'il avait raison l'irrita. L'ultramarathon du lendemain était un test pour son esprit et pour son corps. Elle devait consacrer la soirée à méditer, se reposer, doper son moral. Se voir franchir la ligne d'arrivée, encore et encore, si bien qu'au moment où elle partirait, la course serait potentiellement gagnée.

Hochant la tête, elle fit ce qu'il suggérait. Elle déplaça son sac à dos, le posant sur le parquet, puis s'assit dans le creux qu'il avait imprimé sur le lit.

— Es-tu nerveuse ? lui demanda Jonathan en venant s'asseoir près d'elle.

Elle émit un soupir de soulagement. L'ambiance devenait presque... normale.

— Je le suis toujours la veille d'une course. Tu veux bien me rappeler pourquoi je fais ça ?

Son rire résonna dans la maison silencieuse.

— Pourquoi tu vas courir cent kilomètres en un jour ? Si au moins je le savais !

— Je sais, je sais, dit-elle, la tête entre les mains. Je ne suis pas obligée de le faire. Je pourrais ne pas y aller. Personne n'en saurait rien. Personne ne s'en soucierait.

— Exact, dit Jonathan. Regrettes-tu d'avoir couru le marathon précédent ?

— Non. Tu sais bien que non. Je ne me serais pas engagée dans celui-ci, sinon.

— Eh bien, alors, fonce !

Quand Jonathan se retira - elle devina qu'il partageait la chambre de Caleb -, elle mit l'alarme pour 5 heures, ce qui lui donnait le temps de revoir une dernière fois sa liste avant de se rendre à la ligne de départ.

Elle en était encore à contempler le plafond lorsque l'alarme retentit le lendemain matin. Elle balança les jambes hors du lit comme si elle venait d'avoir la permission d'admettre enfin que le sommeil ne viendrait pas. Cela aurait pu être pire. Elle avait déjà eu plusieurs nuits d'insomnie avant une course. Elle enfila sa tenue en essayant de se préparer mentalement à la journée qui l'attendait. En se rappelant ses raisons de courir : se mettre à l'épreuve, tester ses limites mentales et corporelles, se prouver que du moins son corps était résistant et capable, et qu'il ne lui ferait pas défaut quoi qu'elle lui demande. Elle avait suivi son plan d'entraînement, entretenu son corps. Elle s'était préparée de son mieux pour aller le plus loin possible, aujourd'hui.

Sa tenue consistait en une bonne vieille paire de leggings qui avaient déjà parcouru avec elle des centaines de kilomètres ; un maillot poids plume à coutures plates. Elle avait pesé chaque détail, afin d'avoir toutes les armes pour continuer quand même lorsqu'elle serait convaincue de ne pas pouvoir faire un pas de plus. Elle leva les yeux en entendant un léger coup à la porte.

— Prête ? demanda Jonathan, glissant une tête dans l'entrebâillement.

— Non, avoua-t-elle.

— Mais si, tu l'es, répondit-il. Et tu le sais. Alors, viens. Petit déjeuner !

Quand elle arriva au rez-de-chaussée, elle eut la surprise de voir Liv et Caleb déjà dans la cuisine.

— Pour toi, dit Liv, lui tendant une barre de granola maison et plusieurs sachets zippés avec des barres supplémentaires.

Attirant son amie à elle, Liv la serra très fort.

— Tu vas faire des étincelles, dit-elle. Amuse-toi. Immerge-toi dans la course. Tu es prête.

— OK, répondit Rowan, qui n'était pas loin d'avoir les larmes aux yeux. Je rentrerai ici demain avec une nouvelle médaille toute brillante !

Elle étreignit une dernière fois Liv et s'apprêta au départ.

15

Sur la ligne de départ

Un peu avant que le pistolet donne le signal du départ, Rowan disparut à la vue de Jonathan. Il l'avait assistée à la vérification de son matériel, regardée faire un double nœud à ses chaussures et choisir une playlist et, bien qu'elle ne fût qu'à quelques pas de lui, déjà elle s'était élancée, il l'avait perdue. Déjà, elle était en course, et il ne pouvait rien faire d'autre que d'attendre.

Enfin, rien de tout cela n'était exact, n'est-ce pas ? En fait, il l'avait perdue hier, quand il lui avait parlé avec brusquerie et lui avait dit qu'il ne pouvait pas s'autoriser à l'aimer. Il essaya de ne pas se rappeler l'expression de son visage à ce moment-là – on aurait dit qu'il lui arrachait le cœur. Mais le jour n'était pas encore levé et, dans les ténèbres, la vision de son visage s'imposait à lui.

Il vit diminuer de plus en plus la lumière de sa lampe frontale alors qu'elle s'éloignait, et il eut un frisson. Il avait été si sûr, quand il le lui avait dit, qu'il ne pouvait pas l'aimer. Mais maintenant, il était seul, il avait froid, et il était tout aussi sûr qu'il *aimait* Rowan, qu'il veuille y consentir ou non. Elle était une part de lui-même. Il le sentait tandis qu'elle allait toujours plus loin de lui. Il consulta sa montre et tenta d'estimer dans combien de temps il la reverrait, dans combien de temps il pourrait poser les mains sur ses épaules, la regarder dans les yeux et savoir qu'elle allait bien.

Poste de ravitaillement numéro un

Jonathan consulta sa montre, puis consulta une fois encore la liste des probables horaires de passage aux divers postes de ravitaillement, que Rowan lui avait remise. Il se dit qu'il ne s'inquiéterait pas avant encore un quart d'heure, même si le créneau prévu, pendant lequel Rowan aurait dû apparaître au loin, courant vers lui, était déjà dépassé de quinze minutes. C'était le marché qu'il avait passé avec lui-même. Quand il la vit enfin dans le virage, courant sur la piste vers le point de ravitaillement, il ne parvint pas à se dissimuler son soulagement. Ni la fierté qu'il éprouva ensuite.

Elle avait l'air solide, tête haute et poitrine en avant. Il la rejoignit avant qu'elle s'arrête, lui tendant une boisson et une barre de granola. Elle prit les deux, puis il l'accompagna à la sortie du camp, devinant qu'elle ne voudrait pas faire une pause et perdre son élan en ce début de course. Il ne put résister à l'envie de lui entourer les épaules de son bras, désireux de la sentir là, résistante et bien présente. De savourer sa présence le plus possible avant qu'ils atteignent la sortie et qu'il se retrouve à attendre encore.

— Tu te débrouilles drôlement bien, lui dit-il alors qu'ils approchaient du bénévole vérifiant les matricules de course. Continue comme ça, et on se revoit au prochain arrêt, lui dit-il alors qu'elle s'élançait vers la sortie et se remettait en course.

Ça s'était produit si vite qu'il était un peu étourdi en la regardant filer sur la route, et il se demanda s'il l'avait aidée en quoi que ce soit. Elle avait à peine eu besoin de lui. Et il soupçonna que ce n'était pas du tout ce qu'il voulait.

Trois heures plus tard, il vit Rowan remonter la piste en boitillant vers le second poste de ravitaillement. L'inquiétude lui noua le ventre. Il y avait trente minutes qu'il avait le regard braqué sur la piste, refusant de bouger avant d'avoir constaté qu'elle allait bien.

Et elle n'allait pas bien. Quelque chose clochait. À un quart du parcours seulement, elle boitillait et grimaçait de douleur.

— Qu'est-ce qui ne va pas ? demanda-t-il en l'aidant à s'asseoir dans le fauteuil pliant qu'il avait sorti de son minivan.

— J'ai mal aux pieds, dit-elle simplement.

Il délaça ses chaussures, les lui ôta ainsi que ses chaussettes, et trouva vite le problème. Une couture avait provoqué une ampoule sur son petit orteil. Elle laissa échapper de brefs sifflements alors qu'il lui mettait un pansement adhésif, remplaçait la paire de chaussettes par une nouvelle paire sans coutures sortie de son sac à dos, puis lui remettait ses chaussures.

— As-tu mangé depuis le dernier arrêt ? lui demanda-t-il.

Comme elle secouait la tête, il lui tendit un sandwich pour qu'elle avale une ou deux bouchées. Il fourra deux barres dans la poche droite de son sac à dos, puis sortit son mobile.

— Musique ou paroles ? demanda-t-il.

Voyant qu'elle ne répondait pas, il décida lui-même et lui programma Beyoncé, estimant qu'elle avait besoin d'un stimulant. Il ne pouvait pas faire grand-chose d'autre, alors il la poussa vers l'une des toilettes mobiles, puis jusqu'à la sortie du camp, et la regarda s'engager au pas de course sur la piste, regrettant de ne pas pouvoir l'accompagner, se résignant à d'autres heures d'attente vigilante une fois parvenu au camp suivant. Voilà pourquoi il ne voulait pas aimer Rowan. Parce qu'il avait passé la majeure partie de sa vie d'adulte à éprouver de tels sentiments au sujet de son frère et de sa sœur, de l'entreprise et des employés. Il s'inquiétait pour eux à chaque instant. Allait-il pouvoir payer les salaires ? S'occupait-il suffisamment bien de Liv et de Caleb ?

Il refusait d'avoir à vivre les mêmes choses au sujet de Rowan. Cependant, ce n'était pas comme si elle n'occupait pas déjà ses pensées. Comme s'il n'avait pas rejoué, et rejoué encore, sur son écran mental la nuit où ils s'étaient embrassés, en se demandant s'il aurait pu agir autrement pour ne pas la blesser. Cela ne ferait qu'empirer, sûrement, s'il s'autorisait à l'aimer. Avec Liv et Cal, il n'avait pas le choix. Cette responsabilité lui était échue sans qu'il ait son mot à dire. Alors qu'avec Rowan, ce serait différent. Il *choisirait* d'éprouver ces choses, et il n'était pas certain d'en avoir la force.

Poste de ravitaillement numéro trois

Rowan avait été en si piteux état, la dernière fois, que Jonathan redoutait presque son arrivée, au point-repère de mi-course, après des heures d'angoisse à l'imaginer en train de souffrir, physiquement et mentalement. Alors, quand elle apparut au bout de la piste, l'air en forme, pas du tout comme une femme qui venait de courir l'équivalent de deux marathons classiques, il ne sut plus trop quoi penser. Il avait sorti du sac à dos et étalé sur une serviette des en-cas sucrés et salés, de l'eau, des boissons et gels énergétiques, des pansements et des antidouleurs, des vêtements de rechange. Mais tout ce qu'elle fit en le voyant fut de jeter les bras autour de son cou et de le serrer très fort.

— Merci pour la bande-son, dit-elle entre deux hoquets, haletant très fort. C'était pile ce qu'il me fallait.

— De rien, répondit-il sincèrement.

Il recula d'un pas pour mieux la voir et tenter d'estimer de quoi elle pouvait avoir besoin. Son regard fasciné resta rivé sur elle. Les membres longs et minces humectés de sueur, le visage empourpré, elle rayonnait d'énergie. Il était si fier d'elle ! Il aurait voulu que tout le monde alentour sache qu'elle faisait un parcours magnifique. Qu'elle était incroyable.

— Il me faut du salé, et puis des glucides. Beaucoup, déclara-t-elle, s'en remettant à lui.

Il lui donna ce qu'il avait préparé et lui demanda si elle voulait s'asseoir.

— Il faut que je bouge.

Il marcha avec elle, traversant un enclos voisin ; refit ses provisions, ajusta sa torche frontale, remplaça son mobile et son casque par des appareils chargés tandis qu'elle s'hydratait et avalait des calories.

Quand ils atteignirent la sortie du poste de ravitaillement, il lui serra l'épaule et elle se tourna vers lui avec un large sourire.

— On est au top, lui dit-elle. Au super top !

Il se sentit déborder de fierté à l'idée qu'elle l'incluait, lui permettait d'être partie prenante, lui faisait confiance. Elle n'avait pas besoin de lui. Elle aurait pu faire ça toute seule, et il aurait regretté de ne pas avoir joué son petit rôle dans la prouesse incroyable de Rowan. C'était un privilège d'être là pour elle, réalisa-t-il. De l'alimenter et veiller à ce qu'elle s'hydrate, de lui rappeler de changer de chaussettes. Ce n'était pas un fardeau de prendre soin de quelqu'un qui avait besoin de vous. C'était un honneur. Et vus sous ce jour, les dix dernières années de sa vie, les derniers jours écoulés prenaient une tout autre allure. S'il s'autorisait à l'aimer – enfin, ça, c'était déjà fait ! S'il consentait à croire qu'ils pouvaient vivre ensemble, essayer de réussir ça… cela ressemblerait-il à cet instant ? Où l'amour pour une personne apportait de la joie, en même temps que les responsabilités. Où les responsabilités qu'il assumait semblaient plus légères s'il avait quelqu'un pour les partager avec lui. Où Rowan et lui, partenaires, pourraient être aussi invincibles au quotidien qu'il en avait le sentiment aujourd'hui.

Poste de ravitaillement numéro quatre

L'éclat du soleil commençait à faiblir lorsque Rowan pénétra en claudiquant dans le camp de ravitaillement avec cinq minutes de retard sur le créneau visé, et Jonathan se rendit compte qu'elle ne l'avait pas vu.

Il s'attendait à ce qu'elle soit désorientée, confuse, mais lorsqu'il l'aborda et lui demanda de quoi elle avait besoin, il ne lut sur son visage que de la concentration et de la détermination.

— Aller aux toilettes, et puis... à manger et à boire, dit-elle, chancelant un peu avant de se remettre en mouvement.

Pendant qu'elle était aux toilettes, il sortit les en-cas et les barres énergétiques, essaya d'anticiper ses besoins.

Elle reparut à l'endroit où il lui avait installé ses affaires, et il remplit à nouveau ses gourdes tandis qu'elle se sustentait puis prenait le chemin de la sortie. Il l'escorta en l'observant avec attention et, se remémorant ce qu'il avait lu sur un blog d'ultramarathon, il sortit une canette de Coca. Elle leva les yeux en entendant le sifflement à l'ouverture, s'arrêta. Sans que rien puisse lui laisser deviner ce qu'elle allait faire, elle lui prit le visage à deux mains et planta un baiser sur sa bouche.

— C'est la meilleure idée que quiconque ait jamais eue ! lui dit-elle, avalant trois longues gorgées.

Puis elle lui rendit la canette alors qu'ils atteignaient la sortie du poste et se remit en course.

Il la suivit longuement du regard alors qu'elle ne cessait

de devenir plus petite et plus lointaine. Elle n'avait pas eu *besoin* de lui. S'il n'avait pas été là, elle aurait pris ce qu'il lui fallait sans son aide. Mais il était si heureux d'être celui qui le lui donnait ! C'était cela qu'il voulait faire : lui apporter du bonheur. Avait-il peut-être encore une chance d'y parvenir une fois que l'épreuve serait terminée ?

Il emporta leurs affaires et prit la route du poste de ravitaillement ultime avec ce chaud espoir au cœur. Auparavant, il avait une mission bien plus importante à accomplir : être là pour Rowan et faire tout ce qu'elle attendait de lui pour qu'elle tienne le coup pendant le reste de la nuit, de la course. Ensuite, il ne pourrait que lui dire ce qu'il éprouvait, en espérant que ce serait pour le mieux.

En la voyant s'éloigner dans le soleil couchant, il frissonna, ne sachant trop ce que la nuit leur réservait.

Poste de ravitaillement numéro cinq

Jonathan s'apprêtait à une nouvelle pause en coup de vent au quatre-vingtième kilomètre, ultime poste de ravitaillement avant la fin de l'ultramarathon. Alors, en voyant se rapprocher, sur l'écran de son mobile, l'intervalle prévu pour l'arrêt, il s'inquiéta de plus en plus.

Et s'il était arrivé quelque chose à Rowan ? Elle avait changé ses contacts d'urgence, optant pour son numéro à lui lorsque Liv s'était fracturé la cheville. Mais s'il y avait eu un raté ? Ou si Rowan était blessée, quelque part au bord de la route, sans que quiconque n'en sache rien ?

Cependant, à l'instant où il s'apprêtait à aller questionner un des organisateurs, voici que Rowan apparut, marchant sur la piste, les épaules affaissées et le visage sillonné de larmes, luisantes sous la lumière de sa torche frontale. Il la rejoignit au trot et, d'un geste instinctif, l'enveloppa de ses bras, l'étreignit plus fort lors d'un nouvel afflux de larmes.

— Qu'est-ce qu'il y a ? Que s'est-il passé ? demanda-t-il en l'installant dans le fauteuil pliant et en lui mettant dans les mains un gobelet de thé chaud.

— Je n'y arrive pas, dit-elle en reniflant et en essuyant ses larmes d'un revers de main. Je ne peux pas continuer.

— Mais si, répondit-il en prenant sa main libre et en y déposant un baiser.

Il réfléchit le plus vite qu'il put, regrettant qu'ils n'aient pas envisagé quoi faire dans une telle situation – il ne voulait pas avoir à deviner ce qu'il lui fallait. Mais il ne voulait pas la laisser tomber, si tout ce dont elle avait besoin était un encouragement à repartir. Elle s'était montrée si concentrée au précédent arrêt qu'il n'avait pas du tout anticipé une telle réaction.

— Dis-moi pourquoi tu cours, fit-il, livrant la première pensée qui lui venait à l'esprit.

— Pour voir si j'en suis capable, répondit-elle d'une petite voix. Quelle raison idiote !

— Elle n'a rien d'idiot ! Et si, tu peux y arriver. Tu as déjà couru quatre-vingts kilomètres ! La plupart des gens ne peuvent même pas concevoir de franchir une distance pareille. Un marathon classique est déjà inconcevable pour eux. Alors, pourquoi cet ultramarathon ?

Rowan se redressa un peu en envisageant la question.

— Pour me prouver que mon corps ne me lâcherait pas. Même si je lui infligeais... les épreuves les plus dures du monde ?

Il ne put s'empêcher de sourire en entendant ça.

— Et t'a-t-il lâchée ? demanda-t-il.

Il ne pouvait pas lui dire quoi faire, elle était la seule à pouvoir en décider. Il pouvait seulement lui poser des questions pour essayer de la comprendre et trouver le moyen de la soutenir. Elle secoua la tête.

— J'ai mal partout, souffla-t-elle, d'une voix si faible qu'il en fut tout retourné.

Il l'étreignit de nouveau.

— Et ça fait toujours mal au bout de quatre-vingts kilometres ? s'enquit-il en écartant de son visage des cheveux rebelles pour les rattacher.

— Bien sûr ! Mais...

— Mais ?

Elle grimaça, comme si elle n'avait pas envie d'entendre sa propre réponse.

— Mais quelquefois, je cours quand même, et si ça fait mal, ça ne compte pas. Je le fais, un point c'est tout, et puis la fin de l'épreuve arrive.

Il médita un instant ces propos.

— As-tu envie de courir quand même, cette nuit ?

— Je ne sais pas, dit-elle en secouant la tête. Je ne suis pas sûre de pouvoir.

— Inutile de trop anticiper. Peux-tu faire encore une foulée, encore un kilomètre ?

Elle acquiesça.

— Veux-tu le faire ?

Rowan hésita, et il crut un instant que c'était fini. Puis il vit pointer dans son regard une expression combattive, et de nouveau elle hocha la tête, avant de finir son thé.

— Tu peux y arriver, lui dit-il avec un élan sincère. C'est incroyable ce que tu as fait aujourd'hui, je n'ai jamais vu ça. Tu as plus d'endurance que n'importe quelle personne que je connaisse. Tu es extraordinaire. Tu t'es préparée pendant des mois et des mois, il te reste seulement à avoir confiance en toi. À te fier à ton corps pour faire ce dont tu le sais capable. Je crois que tu peux y arriver.

Elle acquiesça de nouveau, le regard fixe. Semblant à

peine le voir. Il s'en moquait. Ce n'était pas de lui qu'il était question, quel qu'ait pu être le changement de ses sentiments pour elle au cours de la journée et de la nuit. Il s'agissait de Rowan. De l'aider à être tout ce qu'elle pouvait être.

— Je peux le faire. Je vais le faire. Il le faut !

Elle se leva brusquement, renversant la flasque de thé, et il rit.

— Du calme, chérie. Respire un bon coup...

Il fourra dans le sac à dos de Rowan des piles de secours, des pansements et du gel anti-ampoules, dévissa les bouchons de ses gourdes pour que les bénévoles puissent les remplir sans perte de temps.

— Les pieds, ça va ? s'enquit-il.

Elle hocha la tête, l'esprit sans doute déjà sur la piste. Il la força à se sustenter un peu, puis la renvoya dans la nuit en espérant qu'il avait fait ce qu'il fallait.

Ligne d'arrivée

Au moment où le soleil commençait à se lever, Jonathan avait réussi à emmagasiner quelques heures de sommeil par périodes de vingt minutes, recroquevillé inconfortablement dans un fauteuil en plastique, près d'un des petits feux qu'ils avaient allumés pour avoir un peu de lumière et de chaleur. L'ambiance festivalière s'était calmée, et les intervalles d'arrivée entre les coureurs s'étaient étirés, si bien que lorsque l'un d'eux apparaissait, cela faisait figure d'événement, et tous donnaient un coup de main. Jonathan regarda le soleil se lever au-dessus de l'horizon, plein d'espoir.

Son alarme retentit, l'avertissant que le créneau prévu pour l'arrivée approchait. Vu l'état de Rowan à l'ultime point de ravitaillement, il s'était attendu à recevoir un appel pour l'avertir qu'elle était quelque part au bord de la route et lui demander de venir la chercher. *Pas de nouvelles, bonnes nouvelles*, s'était-il forcé à supposer. Il commença à rassembler ce dont elle aurait besoin après avoir terminé sa course.

Puis il rejoignit la petite foule toujours en attente, qui surveillait la ligne d'arrivée. Vingt-quatre heures plus tôt, il avait envoyé Rowan sur la piste, dans l'inconnu, sans se douter un instant qu'il en serait amoureux fou au moment où elle reviendrait.

Mais ce n'était pas le moment de penser à ses sentiments pour elle. L'important était de la ramener saine et sauve. Il consulta sa montre. Il avait largement le temps. Il quitta son poste quelques minutes pour prendre une flasque de thé dans le minivan. Ses dernières vingt-quatre heures ne se comparaient pas à celles de Rowan, mais elles n'avaient pas non plus été de tout repos ni très confortables, et un peu de chaleur et beaucoup de caféine s'imposaient.

À l'instant même où il allait se laisser tomber dans son fauteuil pour reprendre sa veille, voici qu'elle apparut dans le virage de la piste. Ses pieds se soulevaient à peine du sol alors qu'elle se dirigeait vers lui à pas lourds, mais tout de même, elle bougeait, elle courait. Et son amour pour elle augmentait à chaque seconde, des secondes qui semblaient interminables alors que, près de la ligne d'arrivée, il poussait des acclamations et applaudissait, et avait hâte de l'avoir près de lui, saine et sauve.

Franchissant la ligne d'arrivée, elle s'abattit contre lui en titubant, et il la serra si fort qu'il en perdit l'équilibre. Les jambes de Rowan cédèrent tandis qu'il tentait de retrouver son centre de gravité. Sans savoir comment, ils se retrouvèrent affalés sur le sol, elle sur lui.

Comme il cherchait quelque chose à dire, tout à coup, elle éclata de rire et fondit en larmes en même temps, et il sut encore moins comment réagir.

Pour finir, lorsque des bénévoles apparurent dans son

champ de vision périphérique, prêts à les aider à se relever, il réussit à les contenir d'un signe de main, à faire rouler Rowan sur le côté avec lui, et à se redresser sur un coude pour s'assurer que tout allait bien et que ses pleurs étaient des pleurs de soulagement. Elle parvint à lui sourire faiblement, même si elle paraissait étourdie, pas tout à fait présente.

— Tu as réussi !

Elle eut un grand rire.

— J'ai réussi. Enfin, je crois. Peut-être que j'hallucine. C'est bien réel ?

— Tout à fait réel, dit-il en essuyant ses larmes, dont elle semblait ne pas se rendre compte. Tu as vraiment réussi, oui !

Soudain, elle l'agrippa par les cheveux et l'embrassa avec fougue. Il ne put s'empêcher de rire contre ses lèvres tandis que des sifflements jaillissaient derrière eux. Se libérant, il se redressa à genoux, entraînant Rowan avec lui.

— Il faut que tu boives, chérie, dit-il. Et que tu avales quelque chose. Avant de dormir pendant une semaine.

Il passa le bras de Rowan par-dessus ses épaules viriles et l'aida à gagner son fauteuil de camping, afin de pouvoir s'occuper d'elle comme il convenait. Après vingt-quatre heures d'éloignement, il voulait se repaître de sa présence pendant aussi longtemps qu'elle le lui permettrait. Car il était hors de question qu'il s'éloigne d'elle. Il l'aimait, c'était une évidence criante. Et être autorisé à l'aimer, à prendre soin d'elle était un privilège, rien n'était plus clair à ses yeux. Un privilège dont il ne se lasserait sans doute jamais. Il avait été témoin de sa force et de son endurance, au cours de ces dernières vingt-quatre heures, mais même si elle n'avait pas démontré ces qualités presque surhumaines, il se rendait compte qu'ensemble, ils étaient plus forts. Il voulait affronter l'avenir avec Rowan, et que Rowan l'affronte avec lui.

Il ne lui restait maintenant qu'à essayer de la convaincre

qu'il était conscient de s'être comporté en imbécile, qu'il le regrettait, et à l'implorer de lui accorder une deuxième chance.

Mais cela pouvait attendre. Pour l'instant, il voulait prendre soin d'elle. Donc, il la fit manger et boire, l'aida à passer des vêtements chauds, puis la regarda avec satisfaction se reposer un moment jusqu'à ce qu'elle se mette à piquer du nez et que le gobelet de thé qu'elle tenait en main menace de tomber.

— Bon, dit-il avec fermeté, maintenant, je te ramène à la maison. Tu as besoin de sommeil.

Dans l'état d'épuisement où elle se trouvait, Rowan se laissa à demi porter jusqu'à la voiture, où il la fit asseoir. Avant même qu'il ait rejoint la route, elle dormait à poings fermés.

16

Rowan se réveilla en entendant craquer le parquet.

— Hello ? dit-elle sans pouvoir se résoudre à ouvrir les yeux.

Elle n'était pas sur le canapé, c'était sûr. Mais l'atmosphère n'était pas non plus celle de la chambre de Liv. Donc… Elle ouvrit les yeux, et vit Jonathan qui l'observait depuis le seuil de sa chambre de maître.

— Désolé, je ne voulais pas te réveiller, dit-il.

Elle secoua la tête, car réellement, elle n'était pas sûre qu'il l'ait tirée de son sommeil. En vérité elle n'aurait même pas juré d'être éveillée. Elle était en proie au sentiment affreux que son souvenir d'avoir embrassé Jonathan comme une perdue n'était pas un rêve. Il lui semblait qu'une part d'elle était sur le point de mourir, mais elle se forçait à n'en rien laisser paraître. Avec un peu de chance, Jonathan pourrait oublier l'incident, le mettre sur le compte d'une sorte de délire dû à l'épuisement.

— Je vais bien, dit-elle.

Et elle essaya de se redresser. Tous ses muscles endoloris protestèrent, et elle conclut qu'elle ferait mieux de rester allongée encore un peu.

— Enfin, peut-être pas tout à fait. Je suis encore dans ton lit, ajouta-t-elle, réalisant qu'elle n'avait aucun souvenir de la façon dont elle avait atterri là.

Il hocha la tête.

— Tu t'es endormie en voiture. J'ai essayé de te réveiller, mais tu ne voulais pas bouger, et je ne pouvais pas te laisser comme ça après tout ce que tu avais enduré. Donc, tu es là.

— Tu m'as portée ? demanda Rowan.

Elle se couvrit le visage de son bras replié, malgré la douleur, car elle ne supportait pas qu'il l'ait tenue de si près alors qu'elle était dans un tel état.

— Je suis écœurante.

— Non, tu es adorable. Et je suis amoureux de toi, Rowan.

Là, elle se redressa pour de bon, muscles endoloris ou pas, puis elle gémit tout fort, parce que ses muscles abdominaux le lui faisaient payer.

Jonathan avait porté la main devant sa bouche, sidéré d'avoir lâché ces paroles.

— Je... je suis vraiment désolé, balbutia-t-il en venant s'asseoir au bord du lit. Je ne pensais pas dire ça.

— Tu ne le pensais pas ? demanda-t-elle, terrifiée à l'idée qu'il allait retirer ses propos.

Elle avait si longtemps attendu d'entendre ces mots-là !

— Non ! Je veux dire, si ! Je... ça m'a échappé... C'est ta journée. Mes sentiments n'ont rien à y voir. J'allais dire que je vais te faire couler un bain.

Rowan eut un rire, pas très vaillant.

— Franchement, Jonathan, si délicieuse que soit l'idée d'un bain, je préférerais savoir si tu m'aimes. Et si tu es amoureux, ce que tu comptes faire à ce sujet.

Il hésita, puis lui prit la main. Rowan ne savait même pas si elle voulait se risquer à espérer. Elle était trop épuisée, vidée. Mais son cœur, lui, n'en semblait pas conscient. Il s'était emballé, et il attendait la suite avec impatience.

— Je... C'est la vérité, ce que je t'ai dit : je suis amoureux de toi. Désolé.

Si grande que fût son envie d'avoir le cœur en fête, et de

voir s'ouvrir à elle le paradis des amoureux, elle ne parvint pas à se réjouir.

— Pourquoi t'excuses-tu tout le temps ? demanda-t-elle d'une voix tendue. Pourquoi faut-il que tu regrettes de m'aimer ? Pourquoi faut-il que ce soit si difficile, Jonathan ?

Peut-être aurait-elle mieux mesuré ses mots si elle n'avait pas été totalement épuisée. Mais peut-être aussi aurait-elle mieux fait d'avoir toutes ces conversations quand elle était trop fatiguée pour filtrer ses paroles. Trop fatiguée pour mentir.

— Parce que je suis impossible, tu le sais déjà, dit Jonathan avec plus de regret dans la voix qu'elle n'aurait aimé en percevoir. Parce que je ne ferai que compliquer les choses.

Elle l'arrêta en posant une main sur son bras, yeux dilatés.

— Les choses ? répéta-t-elle.

Car elle voulait savoir de quoi il parlait. Ce qu'il lui offrait, si toutefois il lui offrait autre chose qu'un simple aveu d'amour.

— Nous deux. Si tu veux bien de moi, dit-il – et ces mots étaient si semblables à ceux qu'elle avait toujours désiré entendre qu'elle n'osa y croire. Je t'aime, Rowan. Depuis si longtemps ! Ces derniers jours, j'ai été sans cesse témoin de ta force, ta compétence, et je n'arrive pas à croire que j'aie pu te priver de ta décision personnelle. Alors, si tu veux bien de moi, j'essaierai. Parce que tout ce que je veux, c'est être là pour toi, toute ta vie, et aussi te laisser être là pour moi. À condition que tu le veuilles, bien sûr.

Rowan le dévisagea, pas très sûre d'être réellement réveillée. Pas très sûre de ne pas être en proie à des hallucinations, comme à la fin de son ultramarathon. Car il lui offrait tout ce qu'elle désirait depuis toujours. Tout ce qu'elle avait eu peur de ne jamais avoir – quelques jours plus tôt, cela avait semblé à sa portée, puis s'était éloigné plus que jamais. Elle n'était pas loin de croire que cela lui serait arraché à l'instant même où elle admettrait son désir de le tenir pour vrai.

— Et tu as réalisé ça... alors que je suis dans cet état ? demanda-t-elle enfin.

Ce n'était certes pas l'élément le plus important du scénario, mais cela le rendait si peu plausible qu'elle ne pouvait pas éviter d'aborder la question. Elle se regarda en baissant les yeux, en se demandant ce qu'elle allait découvrir. Elle portait encore le survêtement souple qu'il l'avait convaincue de mettre à la fin de la course, et sa médaille autour du cou.

— Tu n'as pas voulu que je l'enlève, dit-il avec un petit rire.

Elle caressa le métal. Si la médaille était réelle, alors, elle avait fini la course. Donc, elle était vraiment dans cette pièce et...

— Tu m'aimes ? demanda-t-elle pour être tout à fait sûre qu'elle avait bien compris. Et tu vas... t'autoriser à m'aimer ?

— Je t'aime, dit-il d'une voix plus assurée. Je ne prétends pas que je ne suis pas terrifié, mais une vie sans toi, ça me fait encore plus peur.

Elle gémit, consciente, malgré son état, que ce n'était pas la réaction appropriée.

— Je t'aime aussi, Jonathan, tu le sais, dit-elle entre ses doigts, qui soudain lui couvraient le visage.

Jonathan les écarta avec douceur et la regarda dans les yeux.

— Alors, pourquoi ai-je l'impression d'entendre un non ?

— Ce n'est pas un non. C'est juste que... Réfléchissons un peu, logiquement, je veux dire. Tu as été très clair : tu ne voulais pas d'une relation. Là, après avoir été privé de sommeil pendant plus de vingt-quatre heures, tu m'as lâché accidentellement que tu m'aimais. J'ai du mal à croire que c'est réel. Et si je te disais « oui » puis que tu réalises, après une bonne nuit de sommeil, que tu as commis une énorme erreur ?

Il hocha la tête, et elle sut qu'il comprenait sa réticence.

— Je sais de quoi ça a l'air. Et je sais que je t'ai très mal traitée, Rowan. Je ne mérite absolument pas une autre chance, et je comprends tout à fait que tu ne veuilles pas m'en accorder. Mais sois sûre que tout ce que je t'ai dit est vrai. Je te veux, Rowan, plus que je n'ai jamais voulu toute autre chose au monde. Je ne nie pas que ça me fait très peur et je me demande comment nous y arriverons. Je sais seulement que je veux que ça marche, avec toi. Et non sans toi.

— Je voudrais te croire, dit Rowan.

Plus qu'elle n'avait jamais voulu quoi que ce soit.

— Tu avais raison, reprit Jonathan, sur tout ce que tu as dit quand je me comportais en imbécile et en lâche. Je ne fais pas assez crédit à Liv et à Cal. Je n'ai jamais considéré ma position comme une bénédiction, mais plutôt comme un fardeau. Et c'était idiot de ma part de m'obstiner pendant si longtemps à porter ça tout seul. J'aurais dû m'en rendre compte sans avoir à assister à tout ce que tu as enduré hier pour le comprendre. Mais j'étais si fier de toi ! Si reconnaissant que tu m'aies permis, si peu que ce soit, d'en faire partie ! J'aime faire équipe avec toi, Rowan. Je veux passer le reste de ma vie à faire équipe avec toi.

Rowan regarda l'homme qu'elle aimait tandis qu'il déversait ce flot de paroles. Cela se résumait à une seule chose, en réalité : pouvait-elle se fier à lui ? Il lui avait donné, avant aujourd'hui, toutes les raisons de ne pas lui faire confiance. Il avait dissimulé ses sentiments et l'avait évitée. Mais si elle voulait la preuve que ça allait changer maintenant, elle était là devant elle. Il lui disait franchement ce qu'il ressentait, et sa résolution de tout faire pour que ça marche. Elle aurait été folle de s'éloigner de lui maintenant.

— J'aurais dû réaliser depuis longtemps que ma vie est bien plus riche avec toi. J'espère seulement que tu me permettras de te prouver à quel point je t'aime. Je veux être là pour toi, quoi qu'on entreprenne. Que ce soient les affaires, la course ou la famille. Je veux faire tout ça avec toi, Rowan. Sans toi, ce serait inimaginable. Non, en réalité, je pourrais le faire. Puisque c'est ce que j'ai fait pendant toutes ces années. Et c'était horrible. J'ai été plus heureux pendant cette semaine avec toi que je ne l'ai jamais été de toute ma vie. Je n'en reviens pas d'avoir été assez stupide pour croire que je pouvais tourner le dos à ça !

Jonathan continuait à parler parce qu'il ne se doutait pas qu'elle avait déjà pris sa décision, et ne le laisserait partir à aucun prix.

— Pardon, ajouta-t-il.

Et Rowan, lui enveloppant le visage de ses paumes, l'embrassa.

— Arrête, lui dit-elle avec douceur. Je te crois. Je crois que tu m'aimes, et que tu veux concrétiser ça.

Il hocha la tête, à son tour réduit au silence.

— Je suis... ça fait beaucoup à digérer, ajouta-t-elle. Tu veux bien... me laisser réfléchir un peu ? Me donner un peu de temps ?

— Bien sûr, dit-il, les lèvres au creux de son cou, avant de lever les yeux. Ça t'aiderait si je te faisais vraiment couler un bain ?

— Si tu me prépares un bain, je pourrais t'épouser !

17

Allongée dans la baignoire, Rowan laissa échapper un long soupir. L'eau soulageait ses membres endoloris et, enfin, elle se sentait moins courbatue.

— Je suis là ! lança-t-elle quand elle entendit Jonathan revenir dans la chambre.

Elle s'assura d'un coup d'œil que la mousse et les bulles masquaient sa nudité, puis elle le vit apparaître sur le seuil, hésitant.

— Pas de souci, lui dit-elle, tu peux entrer.

Il écarquilla les yeux, alors peut-être n'avaient-ils pas tout à fait la même idée de la décence. Mais honnêtement, elle aurait pu contempler pendant des heures l'expression qu'il avait en cet instant.

— Je t'ai préparé une tasse de thé, dit-il.

— D'accord. Reste. Tu peux t'asseoir, si tu veux.

Ce qu'il fit, à même le sol, adossé à une armoire de toilette, la tête à hauteur de la sienne, le rebord de la baignoire lui dissimulant son corps.

— J'ai réfléchi à ce que tu as dit, commença-t-elle.

À quoi d'autre aurait-elle pensé, sinon à sa déclaration d'amour ? Surtout lorsqu'elle savourait le bain le plus délicieux de sa vie. Elle laissa échapper un soupir de plaisir. Si ça ne marchait pas, serait-elle capable de garder Jonathan juste comme ami ? Non, cela ne lui suffirait jamais. Elle le voulait, tout entier, et elle voulait le garder la vie entière.

— Je savais avant la course que je t'aimais, reprit-elle. Et même quand tu as soutenu que tu ne voulais pas tenter le coup, je savais que je n'étais pas en cause.

— Bien sûr que no...

— Attends, s'il te plaît, tu veux bien me laisser parler ?

Des années durant, ils n'avaient pas discuté de leurs sentiments réciproques, et ils en avaient souffert tous les deux. Elle ne s'engagerait pas dans cette relation sans lever tous les non-dits.

— Il y a longtemps que j'éprouve ces sentiments pour toi. Au moins depuis notre premier baiser, et sans doute même avant. Et jamais, même dans mes rêves les plus fous, je n'aurais imaginé que tu pourrais ressentir la même chose à mon égard.

Jonathan ouvrit la bouche pour protester, mais elle se pencha en appuyant le menton sur le rebord de la baignoire, tout lui était bon pour se sentir plus proche de lui.

— Je me regardais et j'entendais tout ce que mes persécuteurs m'avaient dit sur moi, alors, quand je te regardais, *toi*, je pensais : il ne voudra jamais de moi, bien sûr. Lorsque tu m'as repoussée la première fois, c'était la confirmation de toutes les pensées négatives que j'avais toujours eues à mon sujet. Après, chaque fois que j'essayais de sortir avec un autre, il... il n'était pas toi. Personne n'a jamais correspondu à ce que je voulais. Cette semaine, j'ai vu une chose en toi que je n'avais jamais su voir. J'ai vu que tu souffrais profondément, et que tes problèmes ne se rattachaient pas à moi. Ils se rapportaient à ta capacité à te faire confiance, à te sentir capable de cette relation. Donc, il faut que je t'en parle, et j'ai besoin que tu me croies, si nous voulons que ça marche entre nous. Je te connais bien, Jonathan Kinley. Tu es bon, attentionné, tu te soucies de moi et tu me connais.

Si ce n'était pas le cas, ça n'aurait jamais fonctionné, hier. Alors, je vais te croire quand tu dis que tu m'aimes. Je vais te faire confiance quand tu prétends parler sérieusement. Et aussi longtemps que tu me le permettras, je ferai tout mon possible pour que tu saches que je ressens la même chose que toi. Si tu te mets à douter de toi, à penser que tu dois porter le monde entier sur tes épaules, à te dire que tu n'es pas assez bien pour moi, tu dois promettre de m'en parler.

— Je te le promets, lui dit-il, le souffle un peu court. Je pensais tous les mots que j'ai prononcés. Je t'aime. Je vais te le dire et redire à n'en plus finir, jusqu'à ce que tu en aies assez de l'entendre. Et tant que j'y suis, sache que tu es brillante, belle et forte. Je crois bien que je te le dirai la vie entière.

Il se pencha en avant, dans la vapeur qui émanait du bain, écarta les mèches humides qui s'étaient collées sur la joue de Rowan et lui donna le plus doux des baisers.

— Je ne suis pas sûre que ça suffira, murmura-t-elle entre deux baisers, les mains crispées sur son T-shirt.

Puis soudain, elle le fit basculer dans le bain tout habillé, tandis qu'il poussait un cri de surprise.

— Rowan, veux-tu m'épouser ? demanda-t-il.

Elle réussit à passer les bras autour de sa taille virile et, tirant sur la base du T-shirt mouillé, à le passer tant bien que mal par-dessus sa tête avant de l'envoyer valser sur le sol.

— C'est moi qui l'ai demandé la première, il me semble, lui rappela-t-elle, l'attirant à elle.

Quand l'eau eut refroidi, ils sortirent de la baignoire à regret. Puis, après s'être essuyés et avoir séché le sol, ils se retrouvèrent sur le lit de Jonathan, sur des draps fraîchement changés, lovés l'un contre l'autre dans la chaude lumière du soleil qui filtrait par les fenêtres à meneaux du manoir.

— Nous devrions probablement mettre Liv au courant, dit Jonathan.

— Oui, tu as raison. Dès que je serai prête à quitter ce lit, je lui parlerai.

— Je préfère ne pas penser à sa réaction quand elle saura que je t'ai demandée en mariage.

— Euh... je lui dirai que c'est moi qui t'ai demandé en mariage, rectifia Rowan, qui ne voulait pas lui laisser croire qu'il était en tout point le maître du jeu. Tu n'as toujours pas répondu, au fait. Je t'ai fait ma demande, et tu m'as laissée sans réponse.

Il se tourna sur le côté, s'appuyant sur un coude, lui effleurant le flanc d'une main caressante. Elle rougit sous son regard, mais ne détourna pas les yeux.

— Pas du tout, fit-il. Je t'ai fait ma demande en retour.

— Ce n'est pas du tout la même chose qu'une acceptation !

Jonathan la dévisagea, et elle sourit jusqu'aux oreilles.

— Repose-moi la question, dit-il, lui caressant la joue, puis l'épaule, jouant avec la fine bretelle de son débardeur.

Elle se mordit la lèvre, n'arrivant pas tout à fait à croire que cela était bien reel.

— Jonathan, veux-tu m'épouser ? demanda-t-elle dans un murmure étouffé.

Puis, l'enlaçant, elle attendit la réponse.

— Oui, je t'épouserai, lui chuchota-t-il avant de lui embrasser le creux de l'oreille, si sensible. Je t'épouserais cent fois si je pouvais.

Rieuse, elle répondit :

— Je crois qu'une fois suffira.

— Très bien, fit-il en l'écrasant de son corps et en l'embrassant avec passion. Mmm. Je veux faire ça tous les jours. Serais-tu d'accord ?

— Je devrais pouvoir supporter ça...

— Alors, c'est parfait.

18

Ils gagnèrent le labyrinthe cet après-midi-là pour que Rowan se dégourdisse un peu les jambes, marchant tout doucement dans l'ultime chaleur du jour, main dans la main.

— Dis-moi que tu allais m'embrasser ici, la dernière fois, sinon je me poserai toujours la question, dit-elle en le poussant vers l'entrée.

Puis, dégageant sa main, elle se laissa aller contre lui. Jonathan eut un soupir, l'étreignit.

— Bien sûr que j'allais t'embrasser, dit-il, joignant l'acte à la parole. Je crois avoir été au bord de t'embrasser dès l'instant où tu es apparue dans mon vestibule. J'avais si souvent pensé à toi que sur le moment, j'ai cru être victime de mon imagination.

— J'adore que tu m'avoues des choses comme ça. Même si je suis triste que tu ne l'aies pas fait plus tôt.

Jonathan haussa les épaules.

— Nous devions attendre d'être prêts, observa-t-il en l'embrassant encore. Et nous pouvons rattraper le temps perdu. J'espère que tu ne veux pas de longues fiançailles.

S'écartant avec un sourire, elle l'entraîna à l'intérieur du dédale.

— On devrait peut-être se marier ici, dit-elle. Je crois bien avoir eu raison quand j'ai dit que c'était un endroit magique. Et maintenant, c'est notre endroit à nous.

Jonathan sourit tristement.

— Je ne sais pas pour combien de temps encore. Les agents immobiliers viennent prendre des photos la semaine prochaine, pour les annonces.

— C'est toujours à l'ordre du jour ? demanda Rowan avec douceur.

— Je ne crois pas avoir le choix.

— Caleb ne peut pas te le racheter avec son mystérieux magot ?

Jonathan se mit à rire.

— Il va falloir que je le questionne sur ces fichus bitcoins, pas vrai ?

— Si tu ne le fais pas, moi, je le ferai !

Jonathan hocha la tête, et elle se réjouit de lui voir l'air si sérieux.

— J'écouterai ce que mon frère et ma sœur ont à dire, c'est promis. Nous prendrons une décision ensemble tous les trois – tous les quatre. Je n'ai pas l'intention de me conduire en idiot avec ma famille ni avec toi, comme je l'ai déjà fait. Et si ça peut te rassurer, je compte que tu prendras la défense de Liv si je cause des problèmes.

Rowan sourit. Sa meilleure amie et son fiancé se disputant son affection… elle ne voyait pas encore très bien comment se passeraient les choses. Elle anticipait une longue soirée avec Liv devant une bouteille de vin, dans un futur proche. Dès qu'elle pourrait se lever d'un canapé sans gémir et passer plus de dix minutes sans avoir la sensation de devoir avaler un en-cas et un verre d'eau !

Jonathan la guida avec aisance dans le labyrinthe, cette fois, et ils eurent bientôt atteint la clairière en son cœur, le siège sous la tonnelle de roses dont elle avait conservé le souvenir.

— Tu as raison, c'est notre endroit, dit-il en l'enlaçant

et en posant la tête sur son épaule. Je ne crois pas pouvoir m'en séparer.

— Parce qu'on ne s'est pas encore embrassés ici ? demanda-t-elle.

— On peut arranger ça tout de suite, dit-il en l'entraînant vers la tonnelle et son « coin des amoureux ». Tu me passes ton portable ?

— Hein ? Pourquoi ? Tu veux faire des photos ?

— Pas du tout, dit-il, lui subtilisant l'appareil pour l'éteindre avant de la prendre à nouveau dans ses bras. Je ne veux surtout pas risquer d'être dérangé, cette fois. Je te veux à moi tout seul.

Il s'installa sur la balançoire en la prenant sur ses genoux, et Rowan laissa échapper un long soupir de contentement, tout contre son torse. Ses yeux se fermèrent, elle se tourna lentement entre les bras de son compagnon, le visage renversé vers lui, emplie d'une assurance qu'elle n'aurait jamais cru pouvoir éprouver un jour. Les lèvres de Jonathan rencontrèrent les siennes, avec un abandon sincère qu'il ne s'était jamais accordé auparavant, elle en était sûre.

Le baiser qu'il lui donna disait tout ce qu'il ressentait pour elle. Il disait qu'ils avaient lutté dur pour en arriver là, pour se trouver. Pour surmonter les peurs qui les avaient poussés à se séparer. Ce baiser était une promesse de vie à deux, et elle en serait éternellement reconnaissante à cet homme merveilleux.

Vous avez aimé ce roman?
Retrouvez les Kinley dès le mois de mars
dans votre collection Azur !

Harlequin® est une marque déposée du groupe HarperCollins France – 83/85, Bd Vincent Auriol – 75646 Paris cedex 13. SA au capital de 1 149 680€ – R.C. Paris. Siret 31867159100069/APE5811Z.